革命烈士诗抄

张龙福 ◎ 主编

青岛出版集团 | 青岛出版社

图书在版编目（CIP）数据

革命烈士诗抄 / 张龙福主编. -- 青岛 : 青岛出版
社, 2024. 9. -- ISBN 978-7-5736-2444-4

Ⅰ. I226

中国国家版本馆CIP数据核字第2024QG0049号

GEMING LIESHI SHICHAO

书　　　名	**革命烈士诗抄**	
主　　　编	张龙福	
出 版 发 行	青岛出版社（青岛市崂山区海尔路182号，266061）	
本 社 网 址	http://www.qdpub.com	
邮 购 电 话	0532-68068091	
责 任 编 辑	刘　冰　秦　玥	
整 体 设 计	W 戊戊同文	
印　　　刷	青岛国彩印刷股份有限公司	
出 版 日 期	2024年9月第1版　2024年9月第1次印刷	
开　　　本	16开（787mm×1092mm）	
印　　　张	10.25	
字　　　数	200千	
书　　　号	ISBN 978-7-5736-2444-4	
定　　　价	39.00元	

编校印装质量、盗版监督服务电话　4006532017　0532-68068050

编者序

　　《革命烈士诗抄》一书选录了清末至中华人民共和国成立前的 94 位革命烈士的诗词作品，其中既有不少世人皆知的著名英烈的名篇佳作，也包含一些人们不太了解的烈士的动人篇章。烈士长已矣，而他们留下的诗歌与他们的英雄事迹和高风亮节，永远值得后人学习、传承。

　　这些革命烈士有的拼死鏖战，血洒沙场；有的坚贞不屈，殒命刑场；还有的积劳成疾，以身殉职。其事迹虽异，而其精神感人至深则同。

　　一、烈士们都怀抱崇高理想，坚守伟大信仰，为了理想和信仰，他们不惜牺牲自己的一切，其精神感天动地，令人无比敬仰。

　　二、这些能吟诗作文的烈士，不少都是富家子弟，他们不贪图个人安逸生活，毅然投身革命，勇于为天下穷苦人解放而奋斗乃至牺牲，其情操之高尚，令人折服。

　　三、诗为心声。这些革命烈士的作品充分表现了他们崇高的革命理想和精神追求。匈牙利爱国诗人裴多菲有一首家喻户晓的诗："生命诚可贵，爱情价更高。若为自由故，二者皆可抛。"这首诗可以涵盖革命烈士的诗歌意蕴，是烈士诗歌的诗意升华，也表现了革命烈士共同的至高无上的思想境界。

本书所选革命烈士以牺牲的时间（年）先后排序。排在第一位的谭嗣同，本是清末的维新派，不同于一般所说的革命烈士，但其报国之志和壮烈精神感天动地，且正因他的英勇就义，而彻底断绝了人们对清王朝改过自新的最后一丝幻想，才有了后来的辛亥革命，从而也涌现出一大批可歌可泣的辛亥革命烈士。由此考虑，本书将谭嗣同排在第一位。

是为序。

目录

谭嗣同

（1865—1898）

作者简介

　　清末维新派政治家、思想家。字复生，号壮飞，又号华相众生，湖南浏阳人。中日甲午战争后，愤中国积弱不振，在浏阳倡立学社。1897年，协助湖南巡抚陈宝箴、按察使黄遵宪等设立时务学堂，筹办内河轮船、开矿、修铁路等新政。1898年又倡设南学会，办《湘报》，抨击旧政，宣传变法。同年8月被征入京，任四品卿衔军机章京，参与戊戌变法。9月政变发生，被捕下狱，与林旭等同时被害，为戊戌六君子之一。能诗，所作风格雄健，富于爱国精神。

有感

世间无物抵①春愁，
合向②仓冥③一哭休。
四万万④人齐下泪，
天涯何处是神州⑤？

注释

①抵：抵挡。
②合向：当向，应当面对。
③仓冥：沧海。
④四万万：清末中国人口约数。
⑤神州：中国的代称。

赏析

　　自古以来，很多文人骚客都喜欢抒写春愁秋恨，其中大都是抒发个人一己的悲情愁绪。作者此诗也因心生"春愁"而作，但作者的情思与境界却远胜一般的文人骚客，他的"春愁"无比浩大，无比深沉，他是为祖国遭受劫难而悲伤，抒发的是四万万同胞共有的悲情，由此可见作者的壮阔胸怀和忧国之心。

狱中题壁①

望门投止②思张俭③，
忍死须臾待杜根④。
我自横刀⑤向天笑，
去留肝胆两昆仑。⑥

注释

①此诗是谭嗣同在狱中捡拾地上的煤屑，题写在墙壁上的。

②望门投止：走上门去求人留宿。止，一作"宿"，都是住宿的意思。

③张俭：东汉时期大臣、名士。曾为东部督邮，上疏弹劾残害百姓的侯览，侯览怀恨在心，反诬他结党营私，逼得他只得逃亡。很多人敬仰张俭的人品，冒着被连累的风险接纳他。

④杜根：东汉官员。当时邓太后把持朝政，杜根上书要求归还政权给皇帝，太后大怒，命人将他处死。执法人同情杜根，手下留情，杜根得以保全性命。邓氏败亡后，杜根复官为侍御史。

⑤横刀：《三国志·魏·袁绍传》记载，"董卓呼绍，议欲废帝，立陈留王，……绍不应，横刀长揖而去"。此借用其事，以表达自己坚决反对废光绪和坚持维新的态度，也含有对顽固派的蔑视之意。

⑥"去留"句：不管去还是留，他们的形象和人品都像昆仑山一样高大壮美。肝胆，意指赤诚的心。两昆仑，指两个人，但具体指的是哪两个，众说纷纭，看法不一。一般认为，"留"应该是作者自指，而"去"则指维新派中逃亡的一人。

赏析

这是作者在狱中写下的一首广为称叹、感天动地的绝命之作。戊戌变法失败后，谭嗣同本有机会逃走，但他决意留下，并对劝他逃命的人说："各国变法，无不从流血而成，今中国未闻有因变法而流血者，此国之所以不昌也。有之，请自嗣同始。"被捕后，谭嗣同深知自己命将不保，必死无疑，此时他想起了东汉时的两个著名人物，也想到了自己和那些已经逃亡的维新同志，他祝愿也相信逃亡的同志会像历史上的张俭那样受到人们的接纳和救护，同时也将自己视为正在等待死亡的杜根。自己和维新志士早已以身许国，生则为国奋斗，死则为国献身，生死去留都是忠肝义胆，好像昆仑山一样巍峨壮美。"我自横刀向天笑，去留肝胆两昆仑。"诗句慷慨悲壮，豪气冲天，一个大义凛然、视死如归的英雄形象跃然纸上。

随意

随意入深壑，
山空太古①春。
幽居在何许②？
红叶自为邻。
村吠当门犬，
桥通隔岸人。
桃源③亦尘境④，
不必有秦民。

注释

①太古：远古。
②何许：何处。
③桃源：即桃花源。东晋陶渊明《桃花源记》写一个渔人误入桃花源，遇到秦时避乱于此的人的后代。
④尘境：指现实世界。

赏析

　　此诗写作者进入深山小村的所见所感。前六句着力写作者随意步入深山里的小村看到的生活景象：这里的住所，环绕着满山红叶；小村犬吠，更衬托出了这里的幽静安宁；小桥横跨河岸，人们安闲自在地往来。表面看来，这里的人们好像处在远古时代极为淳朴的太平社会，但最后两句作者笔锋一转，否定了在现实社会中有桃源的存在，因为这里毕竟也是人间尘境，整个国家正内忧外患，人民也正在遭受苦难，这里也不可能完全超然世外。作者没有陶醉于古朴的山村田园风貌而忘怀社会现实，最终还是表现出了对国家和人民命运的关心，这正是他作为一个爱国志士的本色所在。

邹容

（1885—1905）

作者简介

　　原名绍陶，字蔚丹，四川巴县（今重庆市巴南区）人。1902年留学日本，参加留日学生爱国运动。次年夏回国，加入上海爱国学社。撰成《革命军》，宣传革命是"天演之公例"，号召推翻清朝统治，建立中华共和国。此文由章炳麟作序，影响甚大。苏报案发生后，邹容被判刑两年，1905年死于狱中。

狱中答西狩①

我兄章枚叔②，
忧国心如焚。
并世无知己，
吾生苦不文③。
一朝沦地狱，
何日扫妖氛？
昨夜梦和尔④，
同兴革命军。

注释

①西狩：章炳麟曾用的一个笔名。
②章枚叔：章炳麟。枚叔是章炳麟的字。
③苦不文：苦于没有文学才华。
④尔：你。

赏析

邹容的《革命军》问世后影响极大，引起清政府恐慌。1903年6月，清政府查封了大力宣传《革命军》的《苏报》，并逮捕了章炳麟等人。邹容激于义愤，自动投案，与章炳麟共患难。这首诗就是对章炳麟《狱中赠邹容》一诗的回赠。章炳麟的原诗是："邹容吾小弟，被发下瀛洲。快剪刀除辫，干牛肉作糇。英雄一入狱，天地亦悲秋。临命须掺手，乾坤只两头。"诗中高度称赞邹容年少有为，为革命奋不顾身，表示在这生死关头两人要携手挺胸，做顶天立地的英雄。于是，邹容写了《狱中答西狩》一诗作答。

诗的前四句赞扬章炳麟极为深切的忧国之心和杰出的才华，并谦虚地表示自己苦于没有文学才华，难与章相匹。后四句则写自己虽身陷牢狱，心中仍然想着何日能够重返战场，扫除妖氛，并期盼着将来能与章共同兴起一支革命军。这位十分年轻的反清救国志士，真不愧为"革命军中马前卒"，他的心中念念不忘的永远是革命，是推翻反动腐朽的清政府，扫清妖氛邪气，创建一个美好的中华共和国。

秋瑾
（1875—1907）

作者简介

中国民主革命烈士。字璿卿，号竞雄，别署鉴湖女侠，浙江山阴（今绍兴）人。1904 年赴日本留学，积极参加留日学生的革命活动，次年先后加入光复会和同盟会。1907 年 1 月在上海发刊《中国女报》，提倡女权，宣传革命。不久回绍兴主持大通学堂，联络金华、兰溪等地会党，组织光复军，与徐锡麟准备在浙江、安徽两省同时起义。7 月徐锡麟在安庆起义失败，清政府发觉皖、浙间的联系，派军队包围大通学堂，秋瑾被捕不屈，15 日就义于绍兴轩亭口。

对酒

不惜千金买宝刀，
貂裘换酒①也堪豪。
一腔热血勤②珍重，
洒去犹能化碧涛③。

注释

①貂裘换酒：以貂皮制成的裘换酒喝。多用来形容名士或富贵者的豪爽。
②勤：多。
③化碧涛：这里借用了"苌弘化碧"的典故。周朝大夫苌弘因为忠心爱国而被奸臣陷害，后来他的血液化成碧玉。后世人们常用碧血指烈士的血。

赏析

此诗作于日本留学期间，充分表现了诗人豪放刚烈的女侠气概和誓死报国的伟大志向，令人无比敬佩和赞叹。

一掷千金，只为买刀；脱下貂裘，宁可换酒。满腔热血，须多珍重；但为革命，甘愿抛洒。这是何等慷慨大气，何等豪迈激昂！更可敬佩者，是诗人甘洒热血、誓死报国的赤诚之心。

诗人虽然身为女子，但其超凡的精神气魄和伟大的思想志向丝毫不亚于历史上令人敬仰的伟丈夫。巾帼不让须眉，秋瑾就是典范。

黄海舟中日人索句并见日俄战争地图

万里乘风去复来，
只身①东海挟春雷。
忍看图画移颜色？②
肯使江山付劫灰③！
浊酒不销忧国泪，
救时应仗出群才。
拼将十万头颅血，
须把乾坤力挽回。

注释

①只身：独自一人。

②"忍看"句：日俄战争后，俄国将中国旅顺、大连湾的租借权让与日本。此指其事。图画，指中国地图。移颜色，改变颜色，谓领土为人所占。

③劫灰：战火造成的灰烬。

赏析

此诗作于作者从日本乘船归国途中。当时有日本友人向秋瑾索求诗词作品，秋瑾恰好看到日俄战争的地图，不由得想到了帝国主义侵吞中国的狼子野心和罪恶行径，顿时义愤填膺，激情难抑。面对着大海滚滚波涛，联想到自己孑然一身，往返奔走，正是为了投身革命，救亡图存，粉碎帝国主义的野心阴谋，于是挥笔写下此诗，以抒发自己誓死救国的豪情壮志。

诗一开头就先声夺人，气势不凡：路途万里，乘风往返，只身东海，挟伴春雷。这里既写出了诗人为了救国而只身奔走、往返万里的艰辛，更突出了诗人卓然超群的英雄气质和豪迈高昂的革命激情。三、四句笔锋一转，写到祖国版图变色，江山遭毁，情感也陡然有所转变。"忍看""肯使"两词，含蕴着极度的沉痛和悲愤。五、六句顺承三、四句意脉，写个人忧国情深，浊酒难销，只能徒自流泪；要救国图存，应该依靠更多的英才之力。所以诗的结尾也就顺势喊出了"拼将十万头颅血，须把乾坤力挽回"。这两句可谓感天动地，气壮山河，充分表达了诗人为了挽救祖国，甘愿身先士卒、战死沙场的坚定信念。

此诗感情深切，境界高阔，风格沉郁雄健，很能体现秋瑾诗的特色。

日人石井君索和①即用原韵

漫云女子不英雄，
万里乘风独向东！
诗思一帆海空阔，
梦魂三岛②月玲珑。
铜驼已陷悲回首，③
汗马终惭未有功。④
如许⑤伤心家国恨，
那堪客里度春风。

注释

①索和：以诗赠人，请对方和写一首。

②三岛：指日本的本州、四国、九州三岛。

③"铜驼"句：这句意谓国家早已为异族所统治，回想过去，令人悲愤。此处借用了晋代索靖的典故。据《晋书》载，索靖预知天下将乱，指着洛阳宫门铜驼悲叹道："会见汝在荆棘中耳！"

④"汗马"句：这句意谓自己虽然为国奔波，但终愧未能建功。

⑤如许：如此，这样。

赏析

此诗是秋瑾在日留学期间回赠给日本友人石井的。诗中抒写自己虽然身为女子，却为救国而远走异域，但愧未建功，因而心神不安，表现出深切的爱国情怀和巾帼不让须眉的英豪侠气。

作者一起笔就直接批评了轻视女子的世俗看法。"漫云"一词，含有诗人对世俗传统观点的不屑一顾和否定、嘲弄之意。紧接着就以身说法，写自己为救国而远赴东方日本，显示出女子不亚于男性的英雄气魄。这里的"独"字，既有只身、单独一人的意思，也含有唯独、独爱、偏爱之意，可谓意蕴丰富，很可玩味。因为当时的日本正是反清救国的革命者会聚之地，诗人远离故国，偏向日本而行，就是为了寻求革命同志，实现救国理想。诗的三、四句写自己虽然置身日本，但情系祖国，神思飞越，心潮难平。这两句诗意凝练，对仗工整，显示出诗人深厚的文学修养。五、六句巧用典故，抒发亡国之恨和未能建功报国的惭愧之情。诗的结尾顺承五、六句诗意，写诗人忧国伤心，不能安心于日本享受美好春光。诗人到日本后，次年就归国从事反清革命活动，就是对诗的结尾两句的印证。而诗人革命失败，视死如归，从容就义，也在历史上树立起一座永远令人敬仰的巾帼英雄的丰碑。

徐锡麟
（1873—1907）

作者简介

中国民主革命烈士。字伯荪，浙江山阴（今绍兴）人。1904 年在上海加入光复会。1905 年与陶成章在绍兴创办大通学堂，联络会党，训练干部。次年，为在清政府内部进行革命活动，捐赀为道员，赴安徽试用，任巡警处会办兼巡警学堂监督。1907 年与秋瑾准备在安徽、浙江两省同时起义。7 月 6 日在安庆刺杀安徽巡抚恩铭，印发《光复军告示》，率巡警学堂学生攻占军械局。起义失败，被捕就义。

出塞

军歌应唱大刀环[①]，
誓灭胡奴[②]出玉关[③]。
只解沙场为国死，
何须马革裹尸还[④]。

注释

①环：与"还"同音，暗指胜利而还。

②胡奴：本是指胡人，这里指成为帝国主义奴隶的清政府。

③玉关：即玉门关，这里借指山海关。

④马革裹尸：《后汉书》载："援曰：'方今匈奴、乌桓尚扰北边，欲自请击之。男儿要当死于边野，以马革裹尸还葬耳，何能卧床上在儿女子手中邪！'"后来以此比喻英勇作战，捐躯沙场。

赏析

此诗是徐锡麟在 1905 年左右游历山海关、奉天、吉林等地时所作。诗的前两句直截了当地宣称要高唱军歌，誓灭胡奴，可谓激情冲天，壮志凌云。后两句则化用马革裹尸的典故，充分表现了作者为推翻清朝统治而甘愿战死沙场的豪情壮志。"只解""何须"两词用得精准恰当，将作者的豪情壮志表达得毫不含糊，恳切有力。"出塞"是唐代边塞诗中常见的诗题，作者的这首诗也袭染了唐代边塞诗豪迈雄浑的诗风，颇具动人心魄的艺术感染力。

宋教仁

（1882—1913）

作者简介

湖南桃源人，中国近代民主革命家。1905 年在日本加入中国同盟会，任《民报》撰述。辛亥革命后，同盟会改组为国民党，宋教仁任代理理事长。主张成立政党内阁，以制约袁世凯。1913 年 3 月被刺杀于上海。

晚泊梁子湖①

日落浦②风急，
天低野树昏。
孤舟依浅渚③，
秋月照征人④。
家国嗟何在，
乾坤渺一身。
夜阑不成寐，
抚剑独怆神⑤。

注释

①梁子湖：湖北省东南地区的一个湖泊，水域面积仅次于洪湖，为湖北省第二大湖。

②浦：水边。

③渚：水中的小块陆地。

④征人：远行的人。

⑤怆神：心神悲伤。怆，悲伤。

赏析

　　1912年，袁世凯窃取了辛亥革命的胜利果实，就任中华民国临时大总统。宋教仁当时为国民党的代理理事长，想效仿欧洲，以议会政治来约束袁世凯，防止权力滥用，这首诗就写于这一时期。诗中写作者从家乡探亲返回，途经湖北境内的梁子湖，此时暮色苍茫，疾风阵阵，月光清冷，孤舟漂泊，作者不禁思绪翻飞，怆然伤怀，夜不能寐。本诗突出表现了作者孤独和忧伤的情怀，这孤独和忧伤来自远行者思亲怀乡的乡愁，也是革命者忧心国事的体现。乡愁与国忧，两者相互交织，相互激发，愈发深浓。作者善于描写景物，烘托氛围，以此来寄寓和表现自己内心的情感。

陈其美

（1878—1916）

·作者简介·

　　中国民主革命者。字英士，浙江吴兴（今湖州）人。1906年到日本，加入中国同盟会。武昌起义后，参与筹划并领导上海起义。上海光复后被推举为沪军都督。1912年派人暗杀光复会领袖陶成章。"二次革命"时，任上海讨袁（世凯）军总司令，失败后逃往日本。1914年参加中华革命党，任总务部部长。1916年在上海被袁世凯派人刺杀。

诗语

死不畏死，
生不偷生。
男儿大节，
光与日争。
道之苟①直，
不惮鼎烹②。
渺然③一身，

万里长城。

注释

①苟：如果。
②鼎烹：用锅烹煮。
③渺然：渺小的样子。

赏析

　　作为一个注重实际革命行动的革命家，陈其美并不以诗文著称于世，他留下的诗文作品也很少。他平常喜欢用一些铿锵有力的韵语来鼓励自己和他人。这首《诗语》显然也是用来与同志共勉的。

　　"死不畏死，生不偷生。"诗一开头就凸显革命家过人的英雄气，虽然话语十分朴素简单，却极为爽直有力，足以撼人心魄。接下来的四句，作者道出了支撑革命家不畏死、不偷生的精神力量所在，那就是要秉持可与日月争光的男儿大节，要追求天地人间的正直大道，因而也就无所畏惧，为此即便被鼎烹也在所不惜。诗的最后两句，作者点明：一个人的肉体虽然渺小，但只要为了伟大信念和事业而奋斗，其精神和功绩之伟大也就堪比万里长城，永垂不朽。

廖仲恺
（1877—1925）

作者简介

　　中国民主革命家。原名恩煦，又名夷白，广东归善（今惠州）人，生于美国旧金山。1893年回国，1902年赴日本，先后在早稻田大学和中央大学读书。1905年加入中国同盟会。辛亥革命后，任广东军政府总参议兼理财政，旋任南北议和的南方代表。1913年后从事讨袁（世凯）和护法斗争。国共合作后兼任国民党工人部部长、农民部部长等。孙中山逝世后，继续执行联俄、联共、扶助农工的三大政策，1925年在广州被国民党右派暗杀。

诀梦醒女、承志儿①

女勿悲，

儿勿啼，

阿爹去②矣不言归。

欲要阿爹喜，

阿女阿儿惜身体。

欲要阿爹乐，

阿女阿儿勤苦学。

阿爹苦乐与前同，

只欠从前一躯壳。

躯壳本是臭皮囊，

百岁会当委沟壑③。

人生最重是精神，

精神日新德日新！

尚有一言须记取，

留汝哀思事母亲。

注释

①诀梦醒女、承志儿：诀别女儿梦醒和儿子承志。

②去：离开，这里指去世。

③委沟壑：委弃在沟壑中，指死亡。

赏析

1922年，广东军阀陈炯明背叛孙中山，炮轰总统府，并扣押了廖仲恺。被关押期间，廖仲恺做好了牺牲的准备，分别给妻子、儿女写下诀别诗，这一首就是写给女儿廖梦醒和儿子廖承志的。

因为局势突变，廖仲恺认为自己必定会被杀害，此时留给儿女的最后话语就显得格外深情和至诚，他谆谆嘱告儿女：不要哭泣，不要悲伤，父亲一去便不再回来，想让父亲在九泉下高兴，你们就该爱惜身体，勤奋学习；九泉之下，父亲的喜怒哀乐与生前一样，只是没有了这副躯壳而已，躯壳本来就是臭皮囊，人生总有一死，躯壳终会消失，人活着最重要的是精神，每天都要有新的精神气，有更好的品德；还有最后一句话，你们一定要记住，把你们对父亲的哀思转化成对母亲的侍奉吧。

作者面对死亡无所畏惧，可谓坚定刚强之硬汉；而对膝下儿女，却是如此柔肠，百般牵挂，革命者的人性之美令人感动。作者所说的"人生最重是精神，精神日新德日新！"更是堪称名句，给后人以很大的精神激励。

高君宇

（1896—1925）

· 作者简介 ·

中国无产阶级革命家。名尚德，字锡三，山西人。1919 年五四运动时为北京大学学生组织负责人之一。1920 年参与发起成立北京大学马克思学说研究会，同年加入北京的中国共产党早期组织。1923 年初参与领导京汉铁路工人大罢工，同年 10 月起任中共中央教育宣传委员会委员。1924 年赴广州参加国民党第一次全国代表大会，后任孙中山秘书，年底陪同孙中山北上，协助进行国民会议促成会的筹备工作。1925 年因病逝世。

我是宝剑

我是宝剑，
我是火花，
我愿生如闪电之耀亮，
我愿死如彗星之迅忽。

赏析

诗言志。这首小诗就是作者的言志之作，是作者人生态度的明确表达。作者不羡慕生命的漫长与平庸，他追求的是生命的精彩和极致，因而他愿做"宝剑"和"火花"，给世间以耀眼的光芒，这光芒也许一闪即逝，却动人心魄，使人难以忘怀。作者对人生的领悟与选择，表现了革命者为了理想勇于牺牲的崇高的生命价值观。

王尽美

（1898—1925）

· 作者简介 ·

亦作"王烬美"。中国无产阶级革命家，中国共产党创始人之一。原名瑞俊，字灼斋，山东莒县（今属诸城）人。1919 年参加五四运动。1921 年春发起创建济南的中国共产党早期组织。同年 7 月出席中国共产党第一次全国代表大会。

1922年1月赴莫斯科出席远东各国共产党及民族革命团体第一次代表大会。6月回国，参加中国共产党第二次全国代表大会，会后留在中央负责领导工人运动，先后领导山海关、秦皇岛工人和开滦煤矿工人大罢工。次年主持山东党的全面工作。1925年出席中共第四次全国代表大会。后在青岛开展国民会议运动和工人运动。1925年8月病逝于青岛。

无情最是东流水

无情最是东流水，
日夜滔滔去不停。
半是劳动血与泪，
几人从此看分明。

🌸赏析

此诗是作者出席中共一大后回到济南时写下的，表达了对受苦受难劳动人民的无比同情和要唤醒他们起来反抗的决心。作者把日夜滔滔不停东流的江河看作是劳动人民的血泪汇聚而成的，可谓悲伤沉痛之至；而更令人伤痛忧心的是，这极为悲惨的现实却很少有人看清，绝大多数人都处于浑然无知的愚昧麻木状态，因而唤醒民众，让他们尽快觉悟，看清现实，起来反抗，就是共产党人面临的艰巨的革命任务。

自古至今，文人哲士常以流水来抒发情感，从孔子的"逝者如斯夫"，到李煜的"问君能有几多愁，恰似一江春水向东流"，再到苏东坡的"大江东去，浪淘尽，千古风流人物"，他们或感叹时光流逝，人生短暂；或抒发君王亡国之悲；或感慨时代变迁，人事代谢。王尽美的这首短诗也借流水来抒情表意，但其思想境界却远胜前人，这正是共产党人的伟大之处。

李慰农

（1895—1925）

◆ 作者简介 ◆

原名李尔珍，安徽巢县（今巢湖市）人。1922年在法国时加入中国共产党。1923年进入莫斯科东方大学学习。1925年到青岛参加党的工作，开展工人运动。

同年7月26日夜不幸被捕，7月29日被秘密杀害于青岛团岛海滨的沙滩上。

游采石①乘轮出发

浩浩长江天际流，
风吹乐奏送行舟。
问谁敢击中流楫②？
舍却吾侪③孰与俦④！

注释

①采石：采石矶，在今安徽省马鞍山市长江东岸。

②击中流楫：即击楫中流。东晋时祖逖坐船过江，船至中流，用手拍楫发誓："祖逖不能清中原而复济者，有如大江！"意谓不平定中原的战乱，就不再回来。这里借以表达革命壮志。

③侪（chái）：同辈。

④俦（chóu）：伴侣。

赏析

这是作者1917年在长江上乘船去游览采石矶时写下的一首感怀诗。乘船出航，但见江水浩浩，远接天际，江风吹拂，声似奏乐，伴送行舟。作者触景生情，想起了一千六百多年前在长江中流击楫的祖逖，想到当下军阀统治下四分五裂的中国，心中不由升腾起要挽救国家的豪情壮志：祖逖击楫中流，志在报国；今日中国，谁来挽救？舍我其谁！作者自觉的历史担当精神令人敬佩。

田波扬

（1904—1927）

作者简介

湖南浏阳人。1923年5月加入中国共产党，1926年任共青团湖南省委书记。1927年5月，因叛徒告密而被捕，6月6日与夫人陈昌甫一起英勇就义。

我要

我要放出更强烈的火光，
照破人世间的虚伪和欺诈。
我要锻炼成尖锐的小刀，
刺破人与人之间的隔膜。

赏析

　　诗言志。此诗直抒胸臆，表达了作者要尽力消除人间的虚伪欺诈和相互隔膜，建设一个真诚善良、友爱温暖的美好世界的决心和意志。诗中用两个"我要"，把自己比作烈火和利刃，表达得既坚定有力，又形象生动。

李大钊
（1889—1927）

作者简介

　　中国无产阶级革命家，中国最早的马克思主义者，中国共产党的主要创始人和早期领导人。原名耆年，字寿昌，后改名大钊，字守常，直隶乐亭（今属河北）人。1914年入日本早稻田大学政治本科学习，参加留日学生反袁（世凯）斗争。俄国十月革命胜利后，迅即成为中国接受和传播马列主义的先驱，同陈独秀创办《每周评论》，积极领导五四运动。1920年10月领导建立北京的中国共产党早期组织，后负责领导党在北方地区的全面工作。1924年6月，率中共代表团赴莫斯科参加共产国际第五次代表大会。回国后，主持中共北方区委工作，组织反对帝国主义和军阀的群众革命运动。1927年4月6日被奉系军阀逮捕，28日在北京就义。

玉泉流贯颐和园墙根，潺潺有声，闻通三海①。
禁城等水，皆溯流于此。

殿阁嵯峨②接帝京，
阿房③当日苦经营。
只今犹听宫墙水，

耗尽民膏是此声。

注释

①三海：即中海、南海（合称中南海）和北海。

②嵯峨：高大的样子。

③阿房：即阿房宫，秦始皇耗费大量的人力物力所建。

赏析

耳闻目睹玉泉潺潺的流水，注视着极尽奢华的颐和园，作者不由得联想起当年秦始皇建造阿房宫给人民带来的深重苦难；而眼前这殿阁嵯峨的颐和园，这流淌不尽的潺潺清流，又何尝不像当年秦始皇那样耗尽了民脂民膏？

作者触景生情，神思飞越，由今到古，又由古返今，两相反复对比，最终揭示出古今反动统治者一脉相承的压迫剥削人民的腐朽本质。

心怀家国，哀怜苍生，是中国古典诗歌的优良传统。作者此诗就很好地继承发扬了这一传统。

南天动乱，适将去国，忆天问①军中。

班生②此去意何云？
破碎神州日已曛③。
去国徒深屈子④恨，
靖氛⑤空说岳家军。
风尘河北⑥音书断，
戎马江南羽檄⑦纷。
无限伤心劫后话⑧，
连天烽火独思君。

注释

①天问：指作者友人郭厚庵。

②班生：指东汉班超。他曾投笔从戎，到西域去为国立功。这里用班生来指代朋友天问。

③曛：日落黄昏，比喻在军阀统治下祖国前途暗淡。

④屈子：屈原。

⑤靖氛：指平定战乱。

⑥风尘河北：指北方动荡不安。

⑦羽檄：军书。

⑧劫后话：战乱结束后相遇时的谈话。劫，劫难。

赏析

此诗作于1916年2月作者再次前往日本之前。当时，袁世凯已窃国称帝，南方各省纷纷宣布独立，反袁讨袁声浪日益高涨。李大钊既忧心国事，也牵挂身在军中的朋友，临行前，写下了这首诗。

作者一起笔，就向朋友发问，问他从军后的心情如何，紧接着就点出了当时神州破碎、祖国前途暗淡的可悲现实，如此现实自然会令自己和朋友这样的爱国志士忧心如焚。顺承此意，诗的三、四句就感叹自己虽将出国，但也像屈原那样对祖国的危亡不胜哀痛；也感慨朋友虽身在军旅，却还不能像岳家军那样英勇善战，一举平定天下。诗的五、六句，作者放开眼光，转写当时整个神州大地的动乱形势：北方已陷动荡，风起尘扬，音书断绝；江南更是战事纷乱，消息频传。最后两句作者收回眼光，将思绪转到将来与朋友再会时的情景：面对战乱造成的劫难，将来相见后一说起来就会令人无限伤心，而在烽火连天的战乱日子里，对朋友的思念也格外深切。这样结尾，既收束全诗，也呼应了开头，结构十分严密。

这是一首怀友诗，但又不同于一般的怀友诗。此诗融忧国与思友之情于一体，既显示出革命家心系天下的高远思想境界，又表现出其深厚动人的朋友情谊，值得反复品读。

丙辰春，再至江户。幼蘅将返国，同人招至神田酒家小饮，风雨一楼，互有酬答，辞间均见风雨楼三字，相约再造神州后，筑高楼以作纪念，应名为神州风雨楼，遂本此意，口占一绝，并送幼蘅云。

> 壮别天涯未许愁，
> 尽将离恨付东流。
> 何当痛饮黄龙府，
> 高筑神州风雨楼。

赏析

1916年春，袁世凯已窃国称帝，中华大地风雨飘摇，国运堪忧。李大钊在这年春天来到日本江户，恰遇友人幼蘅要回国，朋友们为他饯行。席间大家吟诗作词，互有酬答，以此助兴，诗词中都使用了"风雨楼"三字。此时此刻，此情此景，使大家不由得想起《诗经》中的名句"风雨如晦，鸡鸣不已"，因而精神振奋，斗志昂扬。朋友们乘兴约定，待到打倒袁世凯，重建新中国之后，要修筑一座名为"神州风雨楼"的高楼，以作纪念。朋友们发誓兴国的豪情深深感染了作者，他因而随口吟出了这首七言绝句。

这是一首送别诗，但又不同于一般传统的送别诗。诗中虽然也有些许离愁别恨，但更多的是高昂飞扬的豪情壮志，是对革命必定成功的期许和愿景。开头"壮别"两字就奠定了全诗慷慨激昂、雄健有力的主要基调，就将这类诗常见的忧伤凄恻之情几乎一扫而光。"未许愁"是说虽然难免会有愁绪，但革命志士胸怀高远，理当主动消除、抛却这些影响斗志的伤感之情，要让这样的离恨别愁都付之东流。古有抗金英雄岳飞"直捣黄龙，与诸君痛饮"的誓言，今有革命志士讨袁建国的雄心。一旦讨袁成功，朋友们也一定要痛饮庆祝，并修筑高楼以纪念。全诗凸显出革命志士慷慨豪迈的英雄气概，富有强烈的艺术感染力。

幼蘅行未久，相无又去江户。作此送之。

逢君已恨晚，
此别又如何？
大陆①龙蛇起②，
江南风雨多③。
斯民正憔悴，
吾辈尚蹉跎。
故国一回首，
谁堪返太和④？

注释

①大陆：指中国。
②龙蛇起：指各地讨袁军的兴起。
③风雨多：指战事频繁。
④太和：太平。

赏析

此诗作于日本。当时友人幼蘅已动身归国，不久朋友相无也要离开江户回国，

19

作者遂写此诗以送别。

诗以感慨发端：与好友本已相逢恨晚，而今却又将远别，怎能不令人伤叹？但三、四句作者笔墨一转，把情思引向了祖国大地，那里战事频繁，令人揪心。五、六句转向关注、哀怜正在憔悴受苦的祖国人民，同时为我辈蹉跎岁月，不能救国救民而深觉惭愧。因而结尾就不由得发出了这样的追问和期待：回首故国，谁能肩负重任，扭转危局，使祖国回归太平祥和？这其实也是作者与朋友的共勉互励。

此诗虽为送别朋友而作，但借此抒发了忧国忧民的爱国情怀，彰显出诗人身为革命家伟大的人格精神。

题蒋卫平遗像

斯人①气尚雄，
江流自千古。
碧血几春花，
零泪一抔土②。
不闻叱咤声，
但听呜咽水。
夜夜空江头，
似有蛟龙起③。

注释

①斯人：这个人，指蒋卫平。蒋卫平，爱国志士，作者友人。1909 年 8 月，为维护中国主权，在赴俄国谈判后归国登船时，被俄方士兵枪杀，为国捐躯。

②一抔土：一捧土，代指坟墓。

③蛟龙起：蛟龙腾起。比喻蒋的英雄气概如蛟龙腾起，鼓舞人心。

赏析

此诗作于 1913 年。作者面对好友的遗像，想到其生前的英雄气概，深受感染，情不自禁挥笔赋诗，抒发对好友的怀念与敬仰之情，歌颂其虽死犹存的鼓舞人心的革命精神。

诗一开端就极力歌颂友人的英雄浩气，堪比浩浩江流千古不废。这两句慷慨大气而出语自然，生动贴切，很能撼人心魄。诗的三、四句写好友的碧血化作春天的鲜花，人们无比怀念他，忍不住到他坟前洒泪凭吊。五、六句悲叹好友已死，再也听不到他那具有英雄气概的怒喝声，只有江水发出的呜咽声，好像也在为英雄悲哭。诗写至此，感情已转为低沉伤感，令人唏嘘哀叹。但结句诗人笔锋陡转，指出英雄人虽死去，但他的英雄气概却像蛟龙腾起，永远鼓舞人心，诗的情感也随之陡升为高昂激扬，令人振奋不已。

此诗语言凝练，意象生动，气势充足，情感跌宕起伏，很有艺术感染力。

山中即景

一

是自然的美，
是美的自然。
绝无人迹处，
空山响流泉。

二

云在青山外，
人在白云内；
云飞人自还，
尚有青山在。

赏析

1918 年夏天，作者在河北昌黎五峰山度假，有感于山水自然之美，写下了这两首短诗。第一首歌颂了自然之美，美的自然，特别突出了山水自然的幽雅可爱。"绝无人迹处，空山响流泉"，这两句幽雅清新，十分生动，堪称名句。第二首勾勒出一幅缥缈动人的仙境图画，饶有风趣，令人神往。而"云飞人自还，尚有青山在"，似乎还寄寓了作者面对风云变幻的政治形势而坚定如山的革命精神。

这两首都是五言古体诗，但又似白话新诗，诗句既有文言的古雅凝练，又有口语的通俗浅白，颇具特色。

袁玉冰

（1899—1927）

· 作者简介 ·

　　江西兴国人。1922年考入北京大学哲学系，后加入中国共产党。1924年到莫斯科东方大学学习，1925年回国，先后任社会主义青年团上海市委书记、共青团江西省委书记等职。1927年12月13日因叛徒告密而被捕，27日在南昌英勇就义。

勖弟①

人生难得是青春，
要学汤铭日日新②。
但嘱加鞭须趁早，
莫抛岁月负双亲。

注释

①勖（xù）：勉励。

②汤铭：《大学》有："苟日新，日日新，又日新。"这是商汤刻在浴器上的铭词。

赏析

　　这是一首作者写给弟弟的励志诗。作者以诗告诫弟弟，要珍惜无比宝贵的青春岁月，勉励他要趁着年轻快马加鞭，努力进取，每天都要有新的进步，不辜负父母的殷切期望。

　　自古以来，励志诗并不少见，已成为中国传统文化的一部分。作者此诗承袭了传统家教、师教中的勖勉特色。由此可见，共产党人不仅是新中国的创建者，也是优秀传统文化的继承者和发扬者。

潘忠汝

（1906—1927）

· 作者简介 ·

　　湖北黄陂人。1924 年考入武汉中学，开始接触马克思主义。1926 年进入武汉中央军事政治学校学习，同年加入中国共产党。1927 年 11 月参与领导黄麻起义，率领农民武装攻占黄安县城。同年 12 月 5 日，国民党反动派的军队夜袭黄安，他率领城内军民英勇抵抗，多次掩护战友突围，最后不幸腹部中弹，壮烈牺牲。

诗一首

尧天舜日①事经过，
世态崎岖要整磨。
不肯昏庸同草木，
愿输血汗改山河。

注释

　　①尧天舜日：指尧舜时代。传说当时没有阶级压迫和剥削，是人人平等的社会。

赏析

　　这首诗是作者在武汉中学读书时写的。诗的前两句回顾历史，指出尧舜的时代之后，中国便进入了阶级压迫的不平等社会，这样的不合理社会需要加以"整磨"和改造。后两句作者满怀豪情地发誓，"不肯昏庸同草木"，甘愿洒血流汗，主动肩负起改造旧中国的历史重任。诗言志，由此可见作者很早就立下了改造旧中国的雄心壮志，其志可嘉可敬。

杨超

（1904—1927）

· 作者简介 ·

江西德安人。1925 年在北京大学读书时加入中国共产党。1926 年担任中共江西省委委员，后任中共德安县委书记，又在南昌、武昌、河南等地工作。1927 年 10 月不幸在九江被捕，12 月 27 日被敌人杀害于南昌。

就义诗

满天风雪满天愁，
革命何须怕断头？
留得子胥①豪气在，
三年归报楚王仇！

注释

①子胥：春秋时代，伍子胥的父、兄无罪而被楚平王杀死。伍子胥逃到吴国，取得吴王信任，率兵攻破楚国。当时楚平王已死，伍子胥掘墓鞭尸，报了杀父杀兄之仇。这里借用此典，是说革命必将胜利，烈士鲜血不会白流，革命同志会让敌人血债血偿。

赏析

这是一首震撼人心的著名诗作，是烈士就义时高声朗诵出来的。在寒风凛冽、大雪纷飞的刑场上，面对敌人的屠刀，二十多岁的烈士没有丝毫畏惧，此时此刻，他悲愁的不是自己的生命即将结束，而是这个黑暗寒冷的社会尚未推翻；而自己正是为革命而死，也就死得其所，死而无憾。"革命何须怕断头？"这诗句悲壮决绝，掷地有声，充分体现了革命者英勇豪迈的精神气度。虽然即将牺牲，但他坚信，自己的鲜血不会白流，革命终将胜利，会有无数的革命同志为他复仇。诗中巧用伍子胥对楚王掘墓鞭尸的典故，大大强化了诗的情感力量。

这首诗沉雄悲壮，豪气冲天，读来铿锵有力，极为动人。

诗一首

莫教桑麻①困后人，
浮云富贵②不如贫。
男儿志在安天下，
破旧山河再造新。

注释

①桑麻：泛指农事。
②浮云富贵：出自《论语》："不义而富且贵，于我如浮云。"

赏析

这首诗是作者小学毕业时写的，表现了作者不慕富贵、少有大志的可贵精神。诗的前两句是说，不要让桑麻之类的农事困住后人，因为他们应该有更远大的志向和前程，靠不义而得来的荣华富贵不如清贫生活。后两句作者直接点明了男儿的大志就是要"安天下"，就是要再造新山河。这样重整乾坤、改天换地的伟大志向，竟然出自一个小学生笔下，不能不令人敬佩和赞叹。

姚有光

（1906—1927）

作者简介

江西新干人。1926 年加入中国共产党。1927 年参加南昌起义，后服从组织安排，留在南昌从事地下革命工作。不幸被捕，11 月 21 日被国民党反动派秘密枪杀。

诗一首

我是新干姚有光，
轻摇竹筏往南昌。
多谢你们有心送，

到处设卡和站岗。

与大多数革命烈士诗作的风格不同，这首诗显得十分轻松诙谐，饶有风趣，充分表现了作者的机智勇敢、自信自豪和对敌人的嘲笑、蔑视。虽然敌人布下了天罗地网，白色恐怖十分严重，但作者总能找到敌人的漏洞，巧妙地闯过重重封锁线。在作者看来，敌人白费心机，劳而无功，真是愚蠢至极，可笑至极。诗中一个"轻"字、一个"谢"字，表达得何等传神！

周文雍

（1905—1928）

作者简介

中国无产阶级革命家。广东开平人。1925年加入中国共产党。从事青年运动和工人运动，并参加省港大罢工，曾任中共广东区委工委委员、广州工人纠察队总队长。1927年参与领导广州起义，任起义总指挥部委员兼广州工人赤卫总队总指挥。1928年1月当选中共广东省委常委兼广州市委常委，与中共两广区委妇委委员陈铁军在广州重建党的秘密联络机关，对外假称夫妻。同月被国民党当局逮捕，不久与陈铁军一起就义。在刑场上，他们宣布结为夫妻。

绝笔诗

头可断，肢可折，
革命精神不可灭。
壮士头颅为党落，
好汉身躯为群裂。

赏析

革命者之所以伟大，就在于他们信仰坚定，无所畏惧，面临生死考验，能够坚守信仰，不惜牺牲。作者这首诗就以质朴明快、刚健有力的语言，表明了自己要做革命的"壮士""好汉"，彰显了自己义无反顾甘为革命献身的大无畏精神，震撼人心。

王达强

（1901—1928）

━━━ 作者简介 ━━━

　　湖北黄梅人。1925 年春加入中国共产党。寒假回家，在家乡建立了第一个党支部。返校后，支援省港罢工，参加收回汉口英租界的斗争。曾任中共湖北省委常委、京汉铁路总指挥等。1928 年 2 月不幸被捕，坚贞不屈，宁死不降，2 月 18 日就义于汉口郊区。

途中

长堤烟柳绿菲菲[①]，
二月风寒傍晚微。
两岸垂杨随燕舞，
断桥残雪逐帆飞。
笛归牛背声催客，
风落梅花香满衣。
大好河山多破碎，
邦家臲卼[②]万民悲。

注释

①菲菲：茂盛状。
②臲卼（nièwù）：不安，危险。

赏析

　　这首诗作于 1926 年初春。当时作者正从黄梅回省立中学，路途中看到春天风景，心有所感，写下此诗。

　　诗的开头两句首先抓住了南方初春二月绿柳笼烟、微风清寒的特点，总体上给人以美好感受。中间四句则进一步描绘出了更为具体生动的美好画面：低垂的杨柳在微风吹拂下，伴随着飞舞的燕子而轻轻摆动；断桥上的残雪被风吹起，仿佛要去追逐出航的帆船；傍晚牧归，笛声悠扬，催生行客的思家之情；风吹落梅花，清香满衣，更是让人留恋难舍，不忍离去。诗写至此，作者既着力描写了眼前的美好春景，又充分表现了对家乡的深情，可谓情景交融，感人至深。但到诗的最后两句，作者却笔锋陡然一转，由眼前的美好春景想到了由于政治黑暗和军阀混战，祖国大好河山已破碎不堪，国家危殆，万民悲苦，显示了作者心系天下、忧国忧民的可贵情怀。

此诗写景细致而生动，情怀深切而壮阔，十分感人。

风雨渡江

一时扁舟似羽毛，
眼前洪水逝滔滔。
拖风带雨孤帆重，
击楫中流志愈高。

赏析

这是作者乘舟渡江时面对狂风急雨时的即兴之作。诗中写到雨急风狂之时，一叶扁舟在滔滔洪流中轻似羽毛，随时都会倾覆，而小船却临危不惧，高扬被风吹雨打的孤帆，更加勇往直前。此诗借写景状物以明心言志，表达了作者坚定不移的革命壮志。诗中多用暗喻，意味丰富，如"拖风带雨孤帆重"，暗喻形势严峻，自己重任在肩，而借用"击楫中流"这个典故，则暗喻自己在革命斗争中不惧危难，奋勇向前。

七歌

有客有客居汉江①，自伤身世如癫狂。
抱负不凡期救世，赢得狂名满故乡。
一心只爱共产党，哪管他人道短长？
我一歌兮歌声扬，碧血千秋叶芬芳。

有家有家在鄂东②，万山深处白云中。
老父哭儿伤无椁③，老母倚闾④泪眼空。
故乡山水今永诀，天地为我起悲风。
我二歌兮歌声雄，革命迟早要成功。

有友有友意相投，千里相逢楚水头。

起舞同闻鸡鸣夜，⑤击楫共济风雨舟。
万方多难黎民苦，相期不负壮志酬。
我三歌兮歌声吼，怒掷头颅报国仇。

有弟有弟在故乡，今日意料有我长。
昨夜梦中忽来信，道是思兄忆断肠。
可怜不见已三载，焉能继我起乡邦？
我四歌兮歌声强，义旗闻起鄂赣湘。

我五歌兮歌声止，慷慨悲歌今日死。
我六歌兮歌声乱，地下应多烈士伴。
我七歌兮歌声终，大地行见⑥血花红⑦。

注释

①汉江：长江的支流，又称汉水，这里指作者被囚禁在汉口监狱。

②鄂东：鄂是湖北省简称，作者的家乡黄梅县位于湖北省东部地区。

③椁：套在棺材外面的大棺材，这里指棺木。

④闾（lú）：里巷的门。

⑤"起舞"句：这一句用了"闻鸡起舞"的典故。东晋时，祖逖与好友刘琨经常互相勉励，天还没亮，听到鸡鸣就会起床舞剑。后用来指志士及时奋发。

⑥行见：行将看见。

⑦血花红：指革命烈士的鲜血洒遍祖国大地，开出革命胜利之花。

赏析

这首诗作于1927年7月，是作者受尽敌人酷刑后回到牢房题在墙壁上的。诗先写自己独特的个性与志向：抱负不凡，志在救世，即便被人目为癫狂，也无所顾忌；自己一心向党，甘洒热血来换取革命的胜利。然后写他为了革命理想，身处异乡，年老的父母思儿心切，万分忧伤；想到骨肉分离今生永别，天地都为之悲痛。但是他并不孤单，哪怕是在这牢狱中，自己也有意气相投的朋友，大家为了共同的革命理想而相互勉励，都依然心怀拯救受苦百姓的壮志。此外，作者还想到了自己的两个弟弟，希望他们继承自己的志向，也奋起革命；作者也听闻鄂、赣、湘大地上已扬起革命的义旗，这使他颇感安慰。最后，作者想到了自己即将赴死，但他慷慨悲歌，无所畏惧，因为他并不孤单，有很多烈士与他为伴，他洒下的热血将浇灌出革命胜利的鲜花，这是光荣的，也是值得的。

这首饱含作者血泪写成的诗篇，感人至深。诗中既表现了作者志在救世的革命抱负，又显示出情系亲人的柔肠。而为了革命理想，作者毅然忍痛割爱，离别父母投身革命，直至身陷囹圄也毫不动摇。更为可贵的是，面对死亡，作者慷慨悲歌，视死如归。这首诗艺术上也很有特色，全诗层次井然有序，语言既通俗浅白，又典雅凝练，可谓雅俗共赏。

汪石冥
（1902—1928）

重庆南川人。1926 年在武汉中央军事政治学校学习，加入中国共产党。四一二反革命政变后，在汉口罗家墩小学任教，这期间积极从事革命活动，后调湖北省军委工作。1928 年 3 月，在执行革命任务时不幸被捕，在狱中坚贞不屈，题诗明志。1928 年 12 月 10 日，在汉阳英勇就义。

牙刷柄题壁诗①

一

当年负笈②出夔关③，壮志欲肩天下难。
信有身心如铁石，哪怕楚子沐猴冠④。

二

横剑跃马几度秋，男儿岂堪作俘囚？
有朝锁链捶断也，春满人间尽自由。

三

敢从烈火炼真金，镣铐偏能⑤坚信心。
誓舍微命留正气，残躯任尔斧钺临⑥。

四

莫庆南牢系死囚，众生鏖战⑦几曾休，
铁栏杆外朝曦⑧涌，赤帜飞扬古城头。

注释

①这四首诗是烈士就义前在狱中用牙刷柄刻在石灰墙上，由同狱的同志默记传出的。

②负笈（jí）：背着书箱，指出外求学。

③夔（kuí）关：夔门，指瞿塘关。

④沐猴冠：猴子穿衣戴帽，装成人的样子。沐猴，即猕猴。《史记》载："人言楚人沐猴而冠耳，果然。"这里斥反动派是沐猴而冠。

⑤偏能：偏偏能够，反而能够。

⑥斧钺（yuè）临：斧钺加身，指杀死。钺，一种像板斧的兵器。

⑦鏖（áo）战：苦战，激战。

⑧朝曦（xī）：朝阳，早晨的太阳。

赏析

写于狱中的这四首诗充分表现了作者投身革命、追求人间自由解放的坚定意志和不怕牺牲、坚信革命必胜的乐观精神。

第一首回顾自己当年出外求学时，就胸怀救国壮志，身心坚如铁石，毫不惧怕沐猴而冠似的反动统治者。诗句豪迈大气，刚健有力，彰显出作者昂扬奋发、无所畏惧的青春朝气。

第二首回顾自己参加革命后的几年，不惧艰险，奋勇向前，而今却受辱为囚，岂甘忍受？因而殷切期盼着有朝一日能捶断身上的锁链，让自由像春光一样普照世界。诗句气势不凡，读来铿锵悦耳，颇为动人。

第三首写如今被囚牢狱，镣铐加身，不但毫不屈服，反而信心更坚定，斗志更昂扬，决心以身殉道，永留革命正气。诗句慷慨激昂，坚定决绝，震撼人心。"偏能"一词，极为有力地突出了作者坚定不屈的革命意志。

第四首警告反动派不要高兴得太久，革命同志正在浴血奋战，正如朝阳必将升起，胜利的旗帜很快就会飘扬在城头。诗句激情澎湃，乐观自信，很能振奋人心。

这四首诗从回顾革命往事，写到身处牢狱的现实，最后写到对未来胜利的期盼，层次有序地表现了作者较为完整的革命精神历程。

于方舟

（1900—1928）

· 作者简介 ·

　　河北宁河（今天津宁河）人。原名于兰渚，又名于方洲。五四运动期间，是天津五七大游行的总指挥之一。1920年和周恩来等同志领导了天津著名的一·二九斗争。1923年由李大钊介绍加入中国共产党，后担任中共顺直省委组织部部长、天津地委书记。1927年秋，领导玉田农民暴动，弹尽援绝被俘，在狱中坚贞不屈，1928年春被敌人杀害。

西江月

　　大好河山似锦，军阀混战乾坤。二十年来掩泪痕，遍地疮痍谁问？

　　民心忧痛如焚，九河①流水呜喑。神州破碎金瓯②损，津沽③烈火风云！

注释

①九河：指当时河北省境内的九条河流。

②金瓯：金属小盆，古人用来比喻疆土的完整，后来又常指代国土。

③津沽：天津、大沽一带。

赏析

　　这首词作于1921年，是作者有感于军阀混战造成神州破碎、人民遭难的现实而作的。词的上阕痛心于大好河山毁于多年军阀混战，面对遍地疮痍，作者难掩泪痕，沉痛悲愤地发问：这样悲惨的现实谁曾过问？下阕写神州破碎、国土沦落，民心忧痛，河流也悲伤呜咽，而津沽一带正风起云涌，革命势如熊熊烈火，必将席卷神州大地。

　　这首词显示出作者忧国忧民的赤子之心和以天下为己任的革命担当精神，读来令人敬佩和感动。

蔡济黄

（1905—1928）

━━━━ 作者简介 ━━━━

湖北麻城人。1925年加入中国共产党，1927年参与领导黄麻起义，曾任中共麻城县委书记。后不幸被捕，英勇就义。

诗一首

明月照秋霜，
今朝还故乡。
留得头颅在，
雄心誓不降。

赏析

这首诗写作者在一个明月高照、白霜满地的秋夜，回归故乡从事革命活动，誓言此生献身革命，宁死不降。表现了作者坚定不移的革命信念和高洁不屈的灵魂。此诗意境鲜明，语言凝练，音韵铿锵，很有感染力。

贺锦斋

（约 1901—1928）

━━━━ 作者简介 ━━━━

湖南桑植人，贺龙堂弟。1919年起追随贺龙革命，从卫士渐升至师长。1927年加入中国共产党。1928年9月在湖南的一次战斗中牺牲。

浪淘沙

我由广东回到上海，见反革命在各地屠杀工农群众，令人不胜悲愤；而美丽的上海，当时亦呈现了一片恐怖和凄凉的景象，因感而作此词，时1927年9月。

仰望蔚蓝天，与水相连，两岸花柳更鲜艳。可惜
一片好风景，被匪摧残。

蒋匪太凶顽，作恶多端，屠杀工农血不干。我辈
应伸医国手，重整河山。

赏析

1927年8月，贺锦斋随贺龙参加南昌起义。1927年10月随军南下海陆丰后，在转移中与贺龙失去联系，乃乘船到上海，这首词就是当时写下的。

词的上阕首先描写出一路上看到的南国美丽景色：蓝天碧水，一望无际，好似连成一片；两岸的鲜花、绿柳也显得格外明媚动人。然后作者笔锋一转，写敌匪摧残了这美好的风景。用"可惜"两字，转换有力，且充满感情色彩。词的下阕直接怒斥蒋匪屠杀工农的暴行，立志要拯救危难中的祖国，重整大好河山。

这首词既表现了作者对祖国山河的无限热爱和对敌匪的无比痛恨之情，也表达了作者拯救祖国的决心，读来令人感动。

浪淘沙

1928年初，我在湖北藕池一带游击，闻毛泽东同志已在湘南组织农民起义，朱德同志亦收集散部由粤回湘，令人喜而不能寐。

花好正含苞，色胜鲜桃，一遇春风即吐娇①。飞
遍全球成硕果，自信非遥。
反动命难逃，挣扎徒劳，革命巨浪比天高。试看
湘南与粤北，滚滚波涛。

注释

①吐娇：开花。

赏析

词的上阕以春花含苞，色胜鲜桃，一遇春风就吐娇来比喻革命之花即将怒放，而且坚信很快就会开遍全球，结出丰硕的革命成果。下阕写革命形势胜似巨浪滔天，特别是湘南和粤北，革命滚滚洪流更是不可阻挡，反动派再怎么垂死挣扎，也无法改变彻底覆灭的下场。

这首词上阕语言生动华美，洋溢着乐观、兴奋之情；下阕语言富有气势，很能鼓舞人心。整首词很有艺术感染力。

熊亨瀚
（1894—1928）

━━━━ 作者简介 ━━━━

　　湖南桃江人。早年参加民主革命运动，1926年加入中国共产党。1927年蒋介石发动反革命政变后，熊亨瀚在白色恐怖中仍为革命奔走。1928年在武汉鹦鹉洲不幸被捕，后被杀害。

途中

昨夜洞庭月，
今宵汉口风。
明朝何处去？
豪唱大江东！

赏析

　　这首小诗突出表现了作者不辞艰辛、为革命四处奔波的动人风采：昨夜还在月光映照的洞庭湖边，今宵却已来到了江风吹拂的汉口；而明天又要伴随大江东去，豪情满怀地执行新的革命任务。诗句工整凝练，豪迈大气，鼓舞人心。

观涛

大江东去，
浩荡谁能拒！
吾道①终当行九域②，
慷慨以身相许。

大孤山下停桡③，

小孤山上观涛，

热血也如潮涌，

时时滚滚滔滔。

注释

①吾道：指伟大的革命理想。

②九域：即九州，指中国。

③停桡（ráo）：停船。桡，划船的桨。

赏析

这首诗以"大江东去，浩荡谁能拒！"发端，可谓先声夺人，气势不凡。作者以此比喻自己以身相许的伟大革命理想必将在中国实现，正如浩荡东去的江水，谁也无法阻挡。想至此，作者不禁激动万分，停船上山观看滚滚江涛，一边观赏，一边畅想着美好的革命未来，心中热血也如浪潮一样汹涌奔腾。

作者理想满怀，激情澎湃，神思飞扬，令人深受鼓舞和感动。

亡命①

蹈火归来又赴汤，

只身亡命是家常。

东西南北路千里，

父母妻儿天一方。

太息②斯民犹困顿。

驰驱我马未玄黄。③

风尘小憩田夫舍④，

索得浓茶作胆尝。⑤

注释

①亡命：指居无定所，到处奔波。

②太息：叹长气。

③"驰驱"句：意谓自己四处奔波，并不觉得困累。诗经《卷耳》："陟彼高

冈，我马玄黄。"玄黄，又黑又黄，指病困。

④田夫舍：农家。

⑤"索得"句：意谓向农家索求浓茶来喝，当作越王勾践的尝胆，指休息时也在苦心规划革命。浓茶味苦，故作此言。

赏析

诗的前六句写作者为革命赴汤蹈火，历尽艰险，经常是只身奔波，居无定所，远离父母妻儿。但作者却并不挂心个人悲苦，而是怜悯天下苍生，悲叹他们的痛苦不幸。正是为了拯救天下苍生，作者才为革命而奔走、奋斗，毫不感到困累。诗的最后两句定格在一个特定的场景：作者满身风尘，小憩在农家，一边喝着农家端出的带有苦味的浓茶，一边仍在苦心规划着革命大计，令人想到当年卧薪尝胆的越王勾践。这两句具体生动，饶有风趣，颇具画龙点睛之效，大大增强了诗的艺术感染力。

客中过上元节①

大地春如海，
男儿国是家②。
龙灯花鼓夜，
长剑走天涯。

注释

①上元节：即正月十五元宵节。

②国是家：以国为家。

赏析

此诗作于正月十五元宵节，此时作者正为革命而奔波在外，不能回故乡与家人团聚。面对着异乡人们欢腾的热闹景象，面对着这与春海一般喜气洋溢的大地，作者涌上心头的并非哀伤的乡愁，而是澎湃高昂的男儿豪情：好男儿就该胸怀壮志，以国为家。在这龙灯花鼓喜庆热闹之夜，作者又要远走天涯，去从事革命武装斗争了。此诗境界高远壮阔，富有豪情和气势，催人奋发向上。

刘绍南

（1903—1928）

· 作者简介 ·

　　湖北洪湖人。1924 年考入武汉中华大学。读书期间，接受了马列主义，1925 年加入中国共产党。1927 年，在戴家场领导了武装暴动。1928 年不幸受伤被捕，被反动派杀害。

壮烈歌

壮，好汉！
铡刀下，把话讲：
土豪劣绅，一群狗党，
万恶滔天，刮民血汗。
休要太猖狂！
革命人，你杀不完。
有朝一日——
血要用血还。
刀放头上不胆寒，
英勇就义——
壮！壮！壮！

烈，豪杰！
铡刀下，不变节，
要杀就杀，要砍就砍，
要我说党，我决不说。
杀死我一人，
革命杀不绝。
直到流尽了——
最后一滴血，
眼睛哪肯把敌瞥！
宁死不屈——

烈！烈！烈！

赏析

　　这首诗是作者在刑场上高声歌唱的。从诗句中我们仿佛看到了烈士就义前怒气冲天、大义凛然的英雄形象。面对敌人屠刀，作者早已将生死置之度外，他怒斥敌人，慷慨激昂，以死明志：要做"刀放头上不胆寒"，直到流尽了"最后一滴血"，对敌人也不屑一瞥的"好汉""豪杰"。可谓壮烈之至，令人无比敬佩。

　　此诗感情慷慨激昂，语言铿锵有力，特别是每节的开头和结尾如惊雷震天，撼人心魄。

夏明翰

（1900—1928）

· 作者简介 ·

　　中国无产阶级革命家。湖南衡阳人。1921 年加入中国共产党，1925 年起历任中共湖南区委组织部部长、长沙地委书记、湖南省委组织部部长等职。1928 年初任中共湖北省委常委，同年 3 月在汉口被国民党反动派逮捕杀害。

就义诗

砍头不要紧，
只要主义真。
杀了夏明翰，
还有后来人。

赏析

　　这首烈士临刑前写下的小诗极为通俗质朴，好似脱口而出，而又浑然天成，没有丝毫推敲打磨的痕迹，却感动了一代又一代人。它是烈士心之声，是烈士舍生取义、以身殉道伟大精神的自然表露，也是烈士坚信革命后继有人、真理必将胜利的庄严宣告。

赵天鹏

（1903—1928）

· 作者简介 ·

上海南汇人。1927 年加入中国共产党。曾任中共南汇县委委员，参加过八一南昌起义。1928 年 6 月在执行任务途中不幸被捕，后英勇就义。

诗一首

> 钢刀虽快，
> 杀不尽天下平民；
> 渔网虽大，
> 捉不尽东海之鱼。

赏析

这首诗是烈士在被押往刑场的路上高声朗诵的。短短四句很朴实的话语，既生动形象，又富有无可辩驳的强大力量，因而也就可以坚信：无论反动派多么凶残，也杀不绝革命者；革命后继有人，最终必将胜利。

邓雅声

（1902—1928）

· 作者简介 ·

湖北黄梅人。1925 年左右加入中国共产党，曾任中共黄梅县委组织部部长，组织农民开展革命运动。1927 年被选为湖北省农民协会秘书长，后受派遣到京汉铁路南段开展工人运动。1928 年初不幸被捕入狱，在汉口英勇就义。

绝命诗①

一

呜咽江声日夜流，岂知宏愿逐波浮。
萧然独谢长生去，②暮雨寒风天地愁。

二

平生从不受人怜，岂肯低头狱吏前！
饮弹从容向天笑，永留浩气③在人间！

三

苦虑家中更不忘，谁知今日永分张。
幽魂若不随风散，应念衰亲④返故乡！

四

本来文弱一书生，屡欲从戎愧未曾。
不死沙场死牢狱，三年埋血⑤恨难平！

注释

①烈士就义前曾写信给他的恩师熊竹生先生，并附有这四首《绝命诗》。烈士信中还说朋友潄渠兄藏有他很多诗，希望朋友能"选而存之"，"留我后世子孙"。

②"萧然"句：这句指斥反动派的卑劣，对革命者往往秘密杀害，不让人知道。萧然，寂寞冷落。独谢长生去，意谓孤独地死去。

③浩气：革命的正气。

④衰亲：衰老的父母。

⑤三年埋血：借用苌弘死后，其血三年化碧的典故，表达自己含恨而死的心情。

赏析

这四首诗写烈士就义前的所思所感。第一首抒发壮志未遂、萧然而死的满腹悲愁。江流呜咽，暮雨寒风，好像整个天地间也都与烈士同悲共愁。第二首表现一身傲骨、决不屈膝低头、宁愿从容赴死的浩然正气。一句"饮弹从容向天笑"表现出的磅礴英气，足可媲美谭嗣同慷慨赴死时的"我自横刀向天笑"，令人动容。第三首倾诉对家人的眷念和不舍，表现出革命者仁心柔肠的美好人性。第四首表达未能战死沙场却殒命于牢狱的憾恨之情，借用"苌弘化碧"的典故，大大强化了诗的情感力量。

这四首诗感情强烈，意象生动，语言凝练，很有艺术感染力。

罗学瓒
（1893—1930）

━━━━━━━━━━━ 作者简介 ━━━━━━━━━━━

湖南湘潭人。1918 年参加新民学会，1919 年赴法国勤工俭学，1921 年加入中国共产党。曾任中共浙江省委书记。1929 年被捕，1930 年在杭州被秘密杀害。

自勉

书此以为异日遇艰难时之反省也。

不患不能柔，
惟患不能刚；
惟刚斯不惧，
惟刚斯有为。
将肩挑日月，
天地等尘埃。
何言乎富贵，
赤胆为将来。

赏析

这首自勉诗是作者在湖南第一师范读书时写的。诗题下的小序说得很清楚：自己写这首诗，是为将来遇到艰难险阻时用来自省自勉的。作者志存高远而思虑周详，他已预料到自己将来去承担伟大使命，必然会遇到艰险，他要为此做好充足的心理准备。作者因而推崇一个"刚"字，因为刚则不惧，刚则有为。一个人立身处世，要随波逐流，柔弱卑屈，并不难，难的是刚强自立，是敢于背俗抗世，是拥有决不与黑暗社会妥协的伟大斗争精神。作者推崇这种刚强精神，就是为了将来能够肩负起扭转乾坤的伟大历史使命，肩负着这样的伟大使命，胸怀自然会无比宽广，视野就会无比开阔，世俗人生所追求的富贵享受之类的事根本就不值一提，自己赤胆忠心只是为了中国美好的将来。读作者的这首自勉诗，可见作者不凡的襟怀与崇高的理想，实在令人景仰。

随感

我心如不乐，
移足晤^①故人。
故人留我饮，
待我如嘉宾。
开怀天下事，
不言家与身。
登高翘首望，
万物杂然陈。
光芒垂万丈，
何畏鬼妖精？
奋我匣中剑，
斩此冤孽根！
立志在匡时^②，
欲为国之英。

注释

①晤：见面，会面。
②匡时：挽救危难的时局，改造社会，纠正现状。

赏析

这是一首感时明志诗。眼看时局危难，作者颇感苦闷，去找故友交谈。故友相聚，开怀畅饮，不谈个人话题，只论天下大事。两人相谈甚欢，作者顿觉心胸开阔，斗志昂扬，决心仗剑斩妖，挽救时局，要成为国家和民族的英雄。这首诗融叙述、描写、议论、抒情于一体，表现了作者思想情感的变化过程，显得真实具体，读来让人感到可亲可敬。

姚伯壎

（1909—1930）

·作者简介·

湖南醴陵人。1926年加入中国共产党。1928年任醴陵县赤卫纵队政治委员。1930年于武汉大学设立地下工作站。同年10月被捕，12月牺牲于武汉。

诗一首

危棋争一局，
死里去逃生。
乾坤能整理，
何必寿乔松[①]。

注释

①寿乔松：与高大的松树一样长寿。

赏析

在黑暗的时代，一个人入党干革命，就好比危棋，为了争取全局的胜利，就要随时准备牺牲自己的生命。但只要能改天换地，为人民建立一个美好的新中国，自己即便过早地牺牲了，也是死得其所，完全值得。作者以危棋作比喻，生动形象地说明了革命者广阔的胸襟和甘于自我牺牲的崇高品格。

郭石泉

（1889—1930）

·作者简介·

江西铜鼓人。1926年参加革命，投身农民运动。后不幸被捕，1930年病故于南昌狱中。

腊梅

北风烈烈舞婆娑①，
白色而今恐怖多。
赤壁包围成玉壁，
黄河遮蔽变银河。
一竿叟下寒江钓，
六出②花飞富岁③歌。
惟有腊梅难压服，
五葩④开着满枝柯。

注释

①婆娑（suō）：盘旋舞动的样子。

②六出：指雪花。

③富岁：丰收年。冬天下雪预兆丰年。

④葩：鲜花。

赏析

　　自古以来，写腊梅的诗很多，但作者这首却显得十分新颖别致，让人眼前一亮。此诗的独特性在于，作者并没有直接写梅花，而是先用四句诗极力描绘腊梅生存环境的恶劣：寒风凛冽，雪花飞舞，整个天地都变成一片银白世界。这里描绘的是严寒的自然环境，但又何尝不是象征着极为严酷的社会环境？作者巧妙地用一句"白色而今恐怖多"，就暗示了反动派造成的白色恐怖正如遮天蔽日的白雪弥漫于人间。诗的五、六句笔锋一转，巧妙地化用了唐代诗人柳宗元"孤舟蓑笠翁，独钓寒江雪"的诗句，以此来表达不畏严寒与艰险的坚忍顽强精神，因为他坚信，正如大雪兆丰年，反动派的白色恐怖也预示着其末日不远了，人们放声歌唱胜利的美好日子也即将到来。所以最后两句，作者也就水到渠成地推出了腊梅花迎风傲雪怒放满枝的动人景象，当然这也是作者和所有革命者伟大人格精神的象征。

蔡和森

（1895—1931）

作者简介

中国无产阶级革命家，中国共产党早期领导人。字润寰，号泽膺，又名龢仙，湖南湘乡永丰镇（今属双峰）人。1918年同毛泽东等组织新民学会，次年创办《湘江评论》。五四运动后，率全家赴法国勤工俭学。1921年冬回国，加入中国共产党。1922年起，任中共中央机关报《向导》周报主编。1925年参加领导五卅运动。同年去苏联，出席共产国际第五届执委会第六次扩大会议，会后任中共驻共产国际代表。1927年回国，任中共中央秘书长。八七会议后，任中共中央北方局委员、宣传部部长，中共中央宣传部部长。1928年底作为中共驻共产国际代表团成员派驻莫斯科。1931年回国后任中共两广省委书记。同年6月在香港被捕，被港英当局引渡到广州，8月被军阀陈济棠杀害。

诗一首

君不见，
武王伐纣汤伐桀，[①]
革命功劳名赫赫。
又不见，
詹姆斯[②]被民众弃，
查理士[③]死民众手。
路易十四[④]招民怨，
路易十六[⑤]终上断头台。
俄国沙皇尼古拉[⑥]，
偕同妻儿伴狗死。
民气声张除暴君，
古今中外率[⑦]如此。
能识时务为俊杰，
莫学冬烘[⑧]迂夫子[⑨]。

注释

①"武王"句：夏王桀暴虐，被商王汤打败；商纣王暴虐，被周武王打败。后

来称为"汤武革命"。

②詹姆斯：詹姆斯一世，英国国王。他横征暴敛，迫害清教徒，为民众所弃，加速了英国资产阶级革命的爆发。

③查理士：查理一世，詹姆斯一世的儿子，也是英国国王。他打压国会和新兴工商业，引发英国资产阶级革命，被国会处以死刑。

④路易十四：法国国王。在位期间多次发动战争，给国家带来沉重负担，法国专制统治走向没落。

⑤路易十六：法国国王。在位时统治腐朽，导致社会矛盾尖锐，后被废黜，送上断头台处死。

⑥尼古拉：尼古拉二世，俄国末代沙皇。他下令枪杀圣彼得堡示威工人，引发1905年革命。十月革命后被处死。

⑦率：大致，大都。

⑧冬烘：糊涂懵懂，迂腐浅陋。

⑨迂夫子：迂腐的书呆子。

赏析

此诗作于1918年初。作者一口气列举了古今中外历史上几个臭名昭著君王的可悲下场，雄辩说明了反动统治者必然灭亡和革命潮流无可阻挡的历史规律，奉劝人们要看清历史大趋势，做识时务的俊杰，而不要做那种糊涂的迂腐之人。全诗一气呵成，雄壮有力，读来颇觉酣畅。

少年行
——北上过洞庭有感

大陆龙蛇起，①
乾坤一少年②。
乡国③骚扰④尽，
风雨送征船。
世乱吾自治，⑤
为学志转坚。
从师⑥万里外，
访友人文渊⑦。
匡复有吾在，

与人撑巨艰。⑧
忠诚印寸心，
浩然充两间⑨。
虽无鲁阳戈⑩，
庶几⑪挽狂澜。
凭舟衡国变⑫，
意志鼓黎元⑬。
潭州蔚人望，⑭
洞庭证源泉。⑮

注释

①"大陆"句：指当时国内各种政治力量正展开激烈斗争。

②一少年：作者自指。

③乡国：指湖南。

④骚扰：指军阀横行，扰乱地方，迫害人民。

⑤"世乱"句：意谓虽然世道很混乱，但我心很安定。治，安定，平静。

⑥从师：作者去北京访问他的老师杨昌济先生。杨先生在湖南第一师范学校任教时是蔡和森非常敬爱的老师。

⑦人文渊：指北京是人文渊薮，即人文汇聚的地方。这句后面可能还有两句，但已遗失。

⑧"与人"句：意谓与同志共同担负革命的艰巨任务。

⑨两间：天地间。

⑩鲁阳戈：据《淮南子》记载，鲁阳公与韩国军队作战，到太阳落山时，他用戈一挥，太阳就倒退了很远。后人用鲁阳挥戈来指使敌人倒退。这句是说自己没有掌握军权。

⑪庶几：也许可以，表示希望。

⑫衡国变：衡量国内的变乱。

⑬鼓黎元：鼓动人民的革命热情。黎元，人民，百姓。

⑭"潭州"句：指长沙新民学会人才济济，为青年所仰望。

⑮"洞庭"句：由洞庭湖的浩渺广大证明它的源泉众多，指新民学会等进步团体有深厚的群众基础。

赏析

　　此诗作于1918年6月。当时作者受新民学会的委托，乘船离开长沙去北京筹办赴法国勤工俭学事宜。船过洞庭湖，风雨大作，面对波涛浩渺的湖水，作者联想到祖国动荡不安的现状和自己肩负的历史重任，有感而作了这首《少年行》。原稿已散失，此诗是根据刘昂同志的记忆录出的。

这是一首有感而发的抒情诗，所抒写的是一个胸怀壮志的革命青年誓与同志一起奋斗救国的决心和豪情。

本诗抒情主人公"少年"乃作者自指。显然，这是一个头脑清醒、志向远大的革命青年。面对家乡的军阀统治和整个国家动荡不安的混乱局面，他心有所持，更坚定了求学救国的决心。"世乱"句上承"风雨"句，下启"为学"句，意味深长。这里的"学"并非一般学问，而是指救国救民的真理，这正是作者矢志不移所要追求的。作者不辞艰辛，远道从师访友，也正是为此。"匡复有吾在，与人撑巨艰。"这是多么豪迈的英雄气概和伟大的历史担当精神！而"忠诚印寸心，浩然充两间"又是何等赤诚的心灵和雄伟的气魄！正因为有这样的伟大历史担当精神和雄伟的气魄，作者才勇于昂然宣称"虽无鲁阳戈，庶几挽狂澜"。当然，作者也深知，要力挽狂澜，拯救危难中的祖国，不能仅凭个人和少数同志的努力，还必须唤醒民众，鼓动起广大人民的革命热情。作者对此信心十足，满怀乐观。这信心从何而来呢？"潭州蔚人望，洞庭证源泉。"这最后两句就做出了明确的回答：是啊，正如众多源泉汇聚成了浩淼广大的洞庭湖，人民团结在一起，就是无比强大的革命力量。

这首诗不是抒写一般的所见所感，而是抒写在祖国处于危难的特定时代，一个有志青年的壮阔胸怀和伟大志向。全诗气势不凡，洋溢着豪情，仿佛使人看到了一英武少年迎风冒雨、昂然立于天地之间的动人形象。这"少年"既是作者自指，也是泛指像作者一样富有崇高理想的爱国志士。

恽代英
（1895—1931）

━━━━━━━━━━ **作者简介** ━━━━━━━━━━

中国无产阶级革命家，中国早期青年运动领导人。又名蘧轩，字子毅，江苏武进（今常州）人，生于湖北武昌（今武汉）。武汉地区五四运动主要领导人之一。1921年底加入中国共产党。1923年创办和主编《中国青年》，后任中国社会主义青年团中央宣传部主任。1925年当选中国共产主义青年团中执委委员，参与领导五卅运动。1926年5月起任黄埔军校政治主任教官、武汉中央军事政治学校政治总教官。1927年参与组织南昌起义，起义后当选为革命委员会主席团成员。12月参与领导广州起义，任广州苏维埃政府秘书长。

后任中共中央宣传部秘书长、组织部秘书长。1930年调任中共沪东区委书记，后在上海被国民党当局逮捕，1931年4月在南京遭杀害。

狱中诗

浪迹江湖忆旧游①，
故人②生死各千秋③。
已揽忧患寻常事，
留得豪情作楚囚④。

注释

①旧游：老朋友。
②故人：老朋友，这里指革命同志。
③千秋：不朽。
④楚囚：楚国之俘囚。春秋时，有个楚国人被晋国俘虏，但他一直戴着南方式样的帽子，表现对故国的怀念。这里作者借用这个典故，是要表示虽被囚禁，但还保持着革命者的豪情壮志。

赏析

一个人被囚禁在牢狱中，虽然身体失去了行动自由，但思绪却会因此而更加活跃、飞扬。此时他的所思所想，自然也就更能展示出其独特的精神品格。

作为一个伟大的革命者，作者此时萦绕于心的，绝非世俗的个人利益得失与悲喜苦乐，而首先是自己一生浪迹江湖所结交的朋友与同志。他们现在怎么样了呢？都在做什么呢？不管他们是生是死，只要投身于伟大的革命事业，就会千古不朽。也正因为此，革命者自然早已将个人忧患置之脑后，当下自己虽然已遭囚禁，但革命的豪情却丝毫不减。

这首诗既是对狱外朋友与同志的怀念，也是狱中作者的自励。诗虽然很简短，但意蕴深沉丰富。

诗一首

每作伤心语，

狂书①字尽斜。

杜鹃空有泪，②

鸿雁已无家。③

浩劫悲猿鹤，④

荒村绝稻麻。

转旋⑤男儿事，

吾党岂瓠瓜？⑥

注释

①狂书：指写字随意潦草。

②"杜鹃"句：杜鹃鸟鸣声凄厉，引起人们感伤，所以说有泪。

③"鸿雁"句：诗经《鸿雁》里写鸿雁哀鸣，比喻百姓流离失所。这里作者借用其意。

④"浩劫"句：传说周穆王南征，一军尽化。君子变为猿、鹤，小人变为沙、虫。这里作者借用这个典故，比喻百姓生活极度悲苦，过着不像人的日子。

⑤转旋：指旋转乾坤，即改天换地。

⑥"吾党"句：《论语·阳货》："吾岂瓠瓜也哉，焉能系而不食？"这里作者借用这个典故，表示我党不能像葫芦那样，而应该有所作为，为人民做出大贡献。

赏析

这首诗前六句都是紧紧围绕着"伤心"二字来抒写的。诗一开端，就突出了作者因伤心而狂书的形象，他是要以此来纾解内心的悲伤。为何而伤心？下面四句做出了明确的回答：看到广大人民流离失所，过着非人的生活，正是人民深重的苦难使得作者悲伤不已。因而诗的最后两句作者也就自然想到了作为有志男儿和共产党人的伟大使命，那就是要推翻反动统治，改天换地，创造一个美好的世界。

这首诗感情强烈，对仗工整，巧用多个典故，很有艺术感染力。

邓恩铭
（1901—1931）

作者简介

亦作"邓恩明"。中国无产阶级革命家，中国共产党创始人之一。字仲尧，又名黄伯云，贵州荔波人。水族。1921年春参与发起建立济南的中国共产党早期组织。7月出席中国共产党第一次全国代表大会，会后回济南建立中共山东区支部，任支部委员。1922年赴莫斯科出席远东各国共产党及民族革命团体第一次代表大会。同年到青岛创建党组织，先后任中共直属青岛支部书记、中共青岛市委书记。1925年领导胶济铁路工人和青岛日商纱厂工人大罢工。1927年中共五大后任中共山东省执委会书记。1928年12月在济南被国民党当局逮捕，曾领导越狱斗争，1931年4月就义。

诀别

三一年华转瞬间，
壮志未酬奈何天①。
不惜唯我身先死，
后继频频②慰九泉。

注释

①奈何天：无可奈何的日子，指即将牺牲。
②频频：接连不断，指后继的革命者很多。

赏析

这首诗作于1931年3月济南狱中，作者随信寄给其母亲。诗的前两句表露出对年华易逝的惋惜和壮志未酬的遗憾，感情低沉而伤感；但第三句作者笔锋一转，感情也随之转为慷慨激昂，表现出一个革命者不怕牺牲、甘洒热血的决心和坚信革命后继有人、最终必将胜利的乐观精神。

答友

君问归期未有期，①
乡关回首甚依依。②
春雷③一声震大地，
捷报频传是归期。

注释

①"君问"句：这是李商隐《夜雨寄北》中的诗句，这里作者借用此句，来说明写此诗的缘由和归期未定的情况。

②"乡关"句：化用崔颢《黄鹤楼》中的诗句"日暮乡关何处是"，表达对故乡的依依不舍之情。

③春雷：比喻革命胜利的消息。

赏析

这首诗是作者离开家乡前往山东时为答同学问而作的。诗的前两句引用和化用唐代诗人的著名诗句，表达了作者对故乡和亲友的依依不舍之情；后两句则展望未来，坚信革命终将胜利，当胜利捷报传遍神州大地时，也就是自己回归家乡的时候。全诗饱含深情和激情，读来令人感动和振奋。

柔石

（1902—1931）

· 作者简介 ·

原名赵平复，浙江宁海人。现代革命作家。1928年到上海从事革命文学活动，曾任《语丝》编辑，并与鲁迅同办朝花社。1930年加入中国左翼作家联盟，同年加入中国共产党。1931年在上海被捕，2月7日与殷夫等人一同遇害，为左联五烈士之一。

战！

尘沙驱散了天上的风云，
尘沙埋没了人间的花草；
太阳呀，呜咽在灰黯的山头，
孩子呀，向着古洞森林中奔跑！

陌巷与街衢，
遍是高冠大面者的蹄迹，

肃杀严刻的兵威，
利于三冬刺骨的飞雪！

真的男儿呀，醒来罢，
炸弹！手枪！
匕首！毒箭！
古今武器，罗列在面前，
天上的恶魔与神兵，
也齐来助人类战，
战！

火花如流电，
血泛如洪泉，
骨堆成了山，
肉腐成肥田。
未来子孙们的福荫之宅，
就筑在明月所清照的湖边。

呵！战！
剜心也不变！
砍首也不变！
只愿锦绣的山河，
还我锦绣的面！
呵！战！
努力冲锋，
战！

🌊 赏析

　　这首诗写于 1925 年 7 月，具有鲜明的时代特征。当时的中国，军阀混战，民不聊生。作者痛感祖国人民深重的苦难，猛烈抨击反动统治者滥施兵威、肆意杀人的罪行，痛斥他们为争夺地盘而相互厮杀，他们用尽古今各种武器进行激战，仿佛天上的恶魔神兵也下来助战，使得中华大地战火不断，血流如泉，尸骨成山，肉腐肥田；而反动统治者却想把未来子孙们的福荫之宅建筑在明月清照的湖边！面对如此严酷的现实，作者呼吁"真的男儿呀，醒来罢"，以正义的革命战争来消灭反动军阀，恢复祖国的锦绣河山。作者反复用了多个"战"字，既是对军阀不断混战的愤怒叱责，也是对人民起来反抗的大声疾呼。

殷夫
（1909—1931）

─── 作者简介 ───

　　原名徐柏庭，又名徐祖华，笔名一署白莽，浙江象山人。优秀的革命诗人，左联五烈士之一。1926 年前后到上海读书并开始作诗。1928 年加入太阳社。1929 年离开学校，从事青年工人工作。1930 年参加左联，并任团中央刊物《列宁青年》的编辑。1931 年 2 月 7 日被国民党政府秘密杀害于上海龙华。早期的抒情诗表现了对旧社会的憎恶和对光明的追求，后来的鼓动诗具有强烈的战斗性。

别了，哥哥①

（算作是向一个"阶级"的告别词吧！）

别了，我最亲爱的哥哥，
你的来函促成了我的决心，
恨的是不能握一握最后的手，
再独立地向前途踏进。

二十年来手足的爱和怜，
二十年来的保护和抚养，
请在这最后的一滴泪水里，
收回吧，作为噩梦一场。

你诚意的教导使我感激，
你牺牲的培植使我钦佩，
但这不能留住我不向你告别，

我不能不向别方转变。

在你的一方，哟，哥哥，
有的是，安逸，功业和名号，
是治者们荣赏的爵禄，
或是薄纸糊成的高帽。

只要我，答应一声说，
"我进去听指示的圈套"，
我很容易能够获得一切，
从名号直至纸帽。

但你的弟弟现在饥渴，
饥渴着的是永久的真理，
不要荣誉，不要功建，
只望向真理的王国进礼。

因此机械的悲鸣扰了他的美梦，
因此劳苦群众的呼号震动心灵，
因此他尽日尽夜地忧愁，
想做个普罗米修士②偷给人间以光明。

真理和忿怒使他强硬，
他再不怕天帝的咆哮，
他要牺牲去他的生命，
更不要那纸糊的高帽。

这，就是你弟弟的前途，
这前途满站着危崖荆棘，
又有的是黑的死，和白的骨，
又有的是砭人肌筋的冰雹风雪。

但他决心要踏上前去，
真理的伟光在地平线下闪照，

死的恐怖都辟易③远退，
热的心火会把冰雪溶消。

别了，哥哥，别了，
此后各走前途，
再见的机会是在，
当我们和你隶属着的阶级交了战火。

注释

①哥哥：作者的大哥徐培根，供职于国民党反动政府。
②普罗米修士：希腊神话中的巨人，因盗窃神火给人类，被天神宙斯锁在高加索山上。
③辟（bì）易：退避。

赏析

这首诗既是一个弟弟对关心自己的哥哥的回话，也是一个无产阶级革命者对另一个敌对阶级的公开宣示，在革命烈士遗作中独具特色。

作为身居高位的哥哥，关爱自己的弟弟，希望他远离革命，一生平安，过上安逸乃至荣华富贵的生活，是那个时代的人之常情，绝非恶意。对此，弟弟自然十分理解，而且也心存感念，但弟弟此时内心所热切向往追求的，是人间的永久真理，是一个没有阶级压迫、人人平等的美好社会。他无法忍受劳苦群众痛苦的呼号，他为此而忧心如焚，他立志要做希腊神话中的那个巨人普罗米修士，给人间带来光明，用热的心火把冰雪溶消。既然怀抱如此的信念和壮志，那自然就只好狠心忍痛与哥哥告别了，再见面就只会在阶级斗争的战场上，因为兄弟二人已分属两个绝不相容、你死我活的敌对阵营。

这首诗交织着情与理、爱与恨、眷恋与诀别，读后感人肺腑，令人久久难以释怀。

血字

血液写成的大字，
斜斜地躺在南京路，
这个难忘的日子——
润饰着一年一度……

血液写成的大字，
刻划着千万声的高呼，
这个难忘的日子——
几万个心灵暴怒……

血液写成的大字，
记录着冲突的经过，
这个难忘的日子——
狞笑着几多叛徒……

"五卅"哟！
立起来，在南京路走！
把你血的光芒射到天的尽头，
把你刚强的姿态投映到黄浦江口，
把你的洪钟般的预言震动宇宙！

今日他们的天堂，
他日他们的地狱，
今日我们的血液写成字，
异日他们的泪水可入浴。

我是一个叛乱的开始，
我也是历史的长子，
我是海燕，
我是时代的尖刺。

"五"要成为报复的枷子，
"卅"要成为囚禁仇敌的铁栅，
"五"要分成镰刀和铁锤，
"卅"要成为断铐和炮弹！……

四年的血液润饰够了，
两个血字不该再放光辉，
千万的心音够坚决了，

这个日子应该即刻销毁！

赏析

这是1929年诗人为纪念五卅运动四周年而作的一首政治抒情诗。诗人并没有将笔墨用在记述五卅运动的具体过程上，而是以高昂的政治激情痛斥帝国主义和反动派屠杀人民的罪恶，热情歌颂无产阶级的反帝斗争，呼唤人民牢记五卅运动流血斗争的历史。他从殷红的血迹中看到人民胜利的光芒，从帝国主义嚣张的气焰中预见他们的必然灭亡。他号召对五卅运动的最好纪念，是牢记敌人的残暴，不忘叛徒的狞笑，踏着先烈的血迹，坚强地继续战斗，向敌人讨还血债，改造整个世界。尤其令人可敬的是，诗人满怀豪情地向整个旧世界发出了挑战，他决心做人民革命历史的长子，做风暴中的海燕，做革命时代的先锋。

这首诗具有很强的宣传鼓动作用，诗人善于通过想象赋予诗歌以较强的形象性，虽然个别词句尚欠锤炼，但就全诗来看，气势磅礴，雄壮有力，很富有感染力。

欧阳立安

（1914—1931）

作者简介

一名杨国华。湖南长沙人。曾任共青团江苏省委委员兼上海总工会青工部部长、国际青工代表大会中国代表。1931年2月7日在上海龙华被害。

诗一首

天下洋楼什么人造，
什么人坐在洋楼哈哈笑，
什么人看门来把守，
什么人为工人坚决奋斗？

天下洋楼我工人造，
资本家坐在洋楼哈哈笑，
国民党看门来把守，

共产党为工人坚决奋斗！

赏析

　　这首诗以自问自答的方式揭示了工人与资本家之间尖锐的阶级矛盾以及国民党与共产党截然相反的性质，对于唤醒工人的阶级意识，鼓动他们起来革命具有很好的宣传、教育作用。这首诗语言生动形象，通俗易懂，颇具民歌风味，令人一读难忘。

张傲寒
（1904—1932）

作者简介

　　江西铜鼓人。1926年加入中国共产党。大革命失败后，遭国民党政府多次追捕，四处漂泊，难回故乡。1928年，改名为张厚丰，用老师身份作掩护，继续从事革命工作。1930年起他在农村开展武装斗争，后不幸牺牲。

诗一首

狗狐当权乱纷纭，
山河处处有啼痕①。
屠杀哪能维统治，
关锁岂可对人民。
蛇蝎②咬人胜狼虎，
生灵涂炭③泣鬼神。
倚天拔起青锋剑④，
诛尽奸劣肃嚣尘⑤。

注释

　　①啼痕：人民哭泣的泪痕。
　　②蛇蝎：毒蛇和蝎子，比喻恶毒的统治者。
　　③生灵涂炭：比喻百姓生活极度痛苦。
　　④青锋剑：寒光闪烁、锋芒毕露的利剑。

⑤肃嚣尘：肃清喧嚣和尘土。这里指消灭国民党反动派，还人民一个新天地。

赏析

这首诗是作者在革命工作间隙创作的。诗的前六句痛斥了反动统治者给人民造成的深重苦难，把他们比作狗狐、蛇蝎。最后两句表达了要消灭反动派、还人民一个新天地的决心和愿望。此诗多用比喻，显得十分生动形象。

梁建新
（1907—1932）

作者简介

湖南人。1926年加入中国共产党，曾任中共湖南安化县蓝田区委委员。马日事变后，在上海、南京一带从事党的地下斗争。1932年被捕于南京，在狱中英勇不屈，坚持斗争，后就义于雨花台。

感时拟赠某将军①

百万貔貅②不战还，
将军拱手送河山。
忍看日落崦嵫③后，
胡马④纷纷入汉关！

注释

①某将军：指蒋介石。
②貔貅（píxiū）：一种猛兽，比喻勇猛的军队。
③崦嵫（yānzī）：太阳落山的地方。
④胡马：指日本侵略者。

赏析

这首诗作于1931年冬。九一八事变后，蒋介石对日本的侵略采取不抵抗主义，命令东北军绝对不得抵抗，并撤至山海关内，致使祖国东北的大好河山被日寇侵占。

作者对此极为悲愤，便作了这首感时的七绝，以此来讽刺、鞭挞蒋介石。

诗一开端，作者就点出了一个令人极为痛心和愤怒的事实：国民党上百万的精兵强将，面对日寇的入侵，竟然不战而退，这真是国之大耻、军之大耻！诗的第二句就直斥最高统帅蒋介石屈膝卖国的可耻行径，诗句中的"拱手""送"，生动形象，极具讽刺力量。诗的三、四句描述了让人看了感到无比悲愤、难以忍受的情景：日落西山之后，一批又一批日军浩浩荡荡地开进来了，东北的大好河山就此沦于敌手。诗句中的"忍看"一词，可谓伤心至极，沉痛难言。这首诗情感十分强烈，词句表达有力，很好地抒发了作者对蒋介石屈膝卖国致使祖国大好河山沦陷的悲愤之情。

邓中夏
（1894—1933）

作者简介

中国无产阶级革命家，中国早期工人运动领导人。原名隆渤，字仲澥，湖南宜章人。1917 年入北京大学学习，五四运动时是北京学联的领导人之一。1920 年 10 月参加北京的中国共产党早期组织。1922 年 5 月任中国劳动组合书记部主任，参加领导长辛店铁路工人、开滦煤矿工人和京汉铁路工人大罢工。1925 年起任全国总工会执委会委员、秘书长、宣传部部长，领导上海日商纱厂工人二月大罢工和省港大罢工。1927 年 8 月起任中共江苏省委书记、广东省委代理书记。1928 年去莫斯科出席赤色职工国际第四次代表大会，后任中华全国总工会驻赤色职工国际代表。1930 年 7 月回国，后任中共湘鄂西特委书记、中央革命军事委员会委员等。1932 年到上海坚持秘密斗争，1933 年 5 月在上海被国民党当局逮捕，9 月 21 日在南京雨花台就义。

胜利

哪有斩不除的荆棘？
哪有打不死的豺虎？
哪有推不翻的山岳？
你只须奋斗着，
猛勇地奋斗着；
持续着，

永远地持续着。
胜利就是你的了！
胜利就是你的了！

赏析

　　这是一首激励人心、鼓舞士气的诗作。作者开头连用三个反问句形成排比，以无可辩驳的磅礴气势说明，无论什么样的"荆棘""豺虎""山岳"，都是能够铲除的。然后作者采用反复的手法，强调指出，只要大家持续不断地奋斗，胜利就必将到来。此诗语言通俗形象，富有气势，很有鼓动力。

过洞庭

莽莽洞庭湖，
五日两飞渡。
雪浪拍长空，
阴森疑鬼怒。
问今为何世？
豺虎满道路。
禽狝歼除之，①
我行适我素。②

莽莽洞庭湖，
五日两飞渡。
秋水含落晖，
彩霞如赤炷③
问将为何世？
共产均贫富。
惨淡④经营之，
我行适我素。

注释

　　①"禽狝"句：像捕杀禽兽一样歼除它们。狝（xiǎn），古代指秋天打猎。
　　②"我行"句：我的行为向着我的志愿靠近，即为革命而奋斗。适，趋向，适

合。素，平生的志愿。

③赤炷：红色的火炬，象征蓬勃的革命力量。

④惨淡：形容艰苦，这里指革命事业的艰辛和不易。

赏析

这首诗创作于1920年左右。此时作者已经历过五四运动的洗礼，接受了马克思主义，具有共产主义思想。这一年作者经常为革命事业奔走于长沙、汉口之间，曾于数日内两渡洞庭湖，途中看到洞庭湖壮观的景色，不禁心潮起伏，有感而发，遂成此诗。

这首诗上半部分抨击了豺虎满路的黑暗阴森世道，表明了要歼除黑暗势力的决心；下半部分则表现了对共产社会的向往，并表示要为之努力奋斗。此诗感情饱满，语言凝练，写景生动，很有感染力。

赵博生

（1897—1933）

作者简介

河北黄骅人。参加过北伐战争。1931年加入中国共产党，同年12月24日，他与董振堂率领国民党第二十六路军在宁都举行起义，起义后成立红军第五军团，赵博生任参谋长兼十四军军长。1933年1月在江西黄狮渡反"围剿"战斗中壮烈牺牲。

革命精神歌

先锋！先锋！
热血沸腾，
先烈为平等牺牲，
作人类解放救星。
侧耳远听，
宇宙充满饥饿声，
警醒先锋，
个人自由全牺牲。

我死国生，
我死犹荣，
身虽死精神长生，
成功成仁，
实现大同。

赏析

这首《革命精神歌》确实充满着奋发昂扬、激励人心的革命精神。诗歌中指出，革命先锋勇于牺牲，是为了众生平等和人类解放，是为了天下所有劳苦大众不再忍饥挨饿；诗歌中还指出，革命先锋就是殉道者，要有"我死国生，我死犹荣"的自觉意识，甘于牺牲自己，来换取革命成功和世界大同。读这样热情洋溢、慷慨激昂的革命诗歌，谁能不为之深深地感动呢？

陈寿昌

（1906—1934）

· 作者简介 ·

浙江镇海人。1926年左右加入中国共产党。曾任上海市政总工会党团书记、中共福建省委书记、中共湘鄂赣省委书记兼军区政委、中国工农红军第十六师政委等职。1934年11月在湖北老虎洞战斗中牺牲。

诗一首

身许马列安等闲①，
报效工农岂知艰。
壮志未酬身若死，
亦留忠胆照人间。

注释

①等闲：寻常，随便。

这首诗是一个共产党员的心灵告白，也是一个革命者的人生誓言。是啊，对于一个信仰马列主义的革命者来说，为工农求解放而奋斗，就是人间最伟大最崇高的事业，又怎么会在乎艰难困苦呢？即便为此而牺牲生命，也深感光荣和自豪，因为赤诚的革命精神必将光照人间，永世长存。

吉鸿昌

（1895—1934）

作者简介

抗日爱国将领。原名恒立，字世五，河南扶沟人。1913年秋参加西北军。1924年随冯玉祥发动北京政变。1930年9月被蒋介石收编后，任第二十二路军总指挥兼第三十军军长。1931年因拒绝"剿共"，被蒋介石解除兵权，强令出国。1932年一·二八事变后回国。同年4月秘密加入中国共产党。1933年5月联合冯玉祥、方振武等在张家口组织察哈尔民众抗日同盟军，任第二军军长兼北路前敌总指挥，收复多伦等地。后到天津继续进行抗日活动。1934年11月被捕，24日在北平（今北京）就义。

就义诗

恨不抗日死，
留作今日羞。
国破尚如此，
我何惜此头。

赏析

这首广为人知的小诗名作，是作者在就义的刑场上用树枝写在地面上的。诗很简短，文字也很朴实，却蕴含着动人心魄的丰富情感，其中有不能血洒抗日战场的深深遗憾和羞愧，有对国破人亡的无比痛心和忧虑，有对反动派不抗日而打内战的悲愤和无奈，当然更多的是作者宁死不屈的坚定和执着。作者本是行伍出身，与诗无缘，但这首就义前的即场之作，却以其极为质朴动人的感染力打动了无数读者。

黄治峰

（1891—1934）

· 作者简介 ·

广西田阳人。1928 年加入中国共产党，先后担任过右江赤卫军总指挥、红七军二十师副师长和军部参谋处处长等职。1934 年调离中央苏区，返回右江坚持斗争，途中被国民党反动派杀害。

诗一首

男儿立志出乡关，
报答国家那肯还。
埋骨岂须桑梓①地，
人生到处是青山。

注释

①桑梓：指故乡。

赏析

这是作者青年时代写的一首诗，充分表现了作者立誓报效国家的雄心壮志和四海为家的广阔胸怀。也许是巧合，革命领袖毛泽东在青年时代写过一首七绝，与此诗的词句多有相同之处："孩儿立志出乡关，学不成名誓不还。埋骨何须桑梓地，人生无处不青山。"可见，这样的壮志和胸怀是许许多多革命志士所共有的。

杨旭

（1899—约 1934）

· 作者简介 ·

江西余干人。1926 年参加革命。1927 年在余干县农协工作，1928 年在余干县委工作，后在长征途中牺牲。

长征途中有感

百计无成事事难，
半肩行李出乡关。
丹枫似染离人泪，
红遍前山与后山。

赏析

这首诗是作者在离开故乡跟随红军长征时写下的，抒发了对故乡的依依不舍之情。为什么要去长征呢？诗的开头就做了交代："百计无成事事难。"这一句短短七个字，却含蕴丰富，感慨深长，它既指革命事业屡遭挫折，艰难不易，也含有作者对自己生活的人生体会，因而"半肩行李出乡关"也就既是革命需要，也是作者自我的人生选择了。"半肩行李"，既说明形势紧迫，不容多做准备，也说明生活贫苦，无可准备。就这样仓促上路远走他乡，最终会落脚何处？何时回归故乡？这一切都无法预知。因而这一去，就大有生离死别的意味了。一路上想着生于斯长于斯的故乡，看到漫山遍野的枫树红叶，作者自然也就情不自禁地热泪盈眶了，于是这两句似乎脱口而出："丹枫似染离人泪，红遍前山与后山。"这是一幅令人伤感但又富有美感的动人画面。此时在作者眼中，那漫山遍野火红的枫树似乎都是被离人的泪水染红的，而风吹过树林所发出的簌簌之声也许就是离人的啜泣吧？应该指出，与此类似的写法早有先例，元代王实甫《西厢记》的《长亭送别》中就有这样的两句："晓来谁染霜林醉？总是离人泪。"显然本诗作者是有意无意地化用了前人的名句，由此也可见作者颇具文学修养。

何叔衡

（1876—1935）

作者简介

中国无产阶级革命家，中国共产党创始人之一。原名启，字玉衡，号琥璜，湖南宁乡人。1920 年与毛泽东等秘密成立长沙的中国共产党早期组织。1921 年 7 月出席中国共产党第一次全国代表大会。后任中共湘区委员会组织委员。1928 年去莫斯科学习。1930 年回国，在上海担任共产国际救济总会和全国互济会主要负责人。1931 年到江西中央革命根据地，历任中华苏维埃共和国中执委委员、工农检察人民委员、代理内务人民委员、临时最高法庭主席等职。

1934 年中央红军主力长征后，留在中央革命根据地坚持斗争。1935 年 2 月在福建长汀被国民党军包围，于突围时牺牲。

赠夏明翰同志

神州遍地起风雷[①]，
投身革命有作为。
家法纵严难锁志，
天高海阔任鸟飞。[②]

注释

①风雷：指革命。
②"天高"句：即"海阔凭鱼跃，天高任鸟飞"。

赏析

此诗作于 1920 年。当时，夏明翰是湘南学联的主要负责人，在何叔衡领导下工作。夏的祖父将他关在家里，不让他外出工作。他毅然与封建家庭彻底决裂，到长沙投身革命事业。何叔衡便作此诗鼓励他。诗的前两句指出，在革命风雷遍及全国的伟大时代，一个人只有投身革命才能大有作为；后两句则赞扬夏明翰胸怀大志，勇于冲破封建家法封锁，像鱼跃大海、鸟飞高天那样自由地大展身手。

诗一首

身上征衣杂酒痕，
远游无处不消魂[①]。
此生合[②]是忘家客，
风雨登轮出国门。

注释

①消魂：同"销魂"，灵魂离开肉体，形容极度悲伤、愁苦或极度欢乐。
②合：应该。

　　这首诗是 1928 年作者去莫斯科学习，途经东北哈尔滨时写下的。此诗套改陆游的诗《剑门道中遇微雨》而成。陆游诗云："衣上征尘杂酒痕，远游无处不消魂。此身合是诗人未？细雨骑驴入剑门。"细雨霏霏中，陆游一身尘土，夹杂酒痕，独自骑驴走在蜀道上，望着雨中的剑门景色，触发出深长的人生感慨。他不禁自问：我这辈子合该就只是个诗人了？而同样是人在旅途，作者心底也翻涌着深沉的人生感慨，但他抒发出的却是"此生合是忘家客，风雨登轮出国门"。——在这风雨如晦、革命形势危急之时，自己登轮出国，看来自己这辈子注定就该是个舍家救国的天涯行客了。

瞿秋白
（1899—1935）

作者简介

　　中国无产阶级革命家、理论家、宣传家，中国共产党早期领导人。又名霜，江苏常州人。五四运动时参加领导北京学生爱国运动。1922 年加入中国共产党。1925 年 1 月在中共四大上当选为中执委委员、中央局委员。1927 年 5 月在中共五届一中全会上当选中共中央政治局委员，后任中央政治局常委。大革命失败后，主持召开八七会议，任中共中央临时政治局常委、主席，在主持中央工作期间犯了"左"倾盲动错误，但很快认识、纠正了错误。1931 年 1 月在中共六届四中全会上遭共产国际代表米夫及其支持的王明等人打击，被解除中央领导职务。后在上海同鲁迅一起领导左翼文化运动。1934 年进入中央革命根据地。中央红军主力长征后，留在南方，任中共苏区中央分局宣传部部长兼中央办事处教育部部长。1935 年 2 月突围转移途中，在福建长汀水口乡遭国民党军队包围被俘，6 月 18 日在长汀就义。

赤潮曲

赤潮澎湃，
晓霞飞涌，
惊醒了

五千余年的沉梦。

远东古国，
四万万同胞，
同声歌颂
神圣的劳动。

猛攻，猛攻，
锤碎这帝国主义万恶丛！
奋勇，奋勇，
解放我殖民世界之劳工，
无论黑、白、黄，无复奴隶种！

从今后，福音①遍天下，
文明只待共产大同。
看！
光华万丈涌。

①福音：好消息。

赏析

此诗发表于1923年。当时作者刚从苏联回到中国，在苏联所见的火热革命和翻天覆地的社会巨变极大地鼓舞着作者，他开始着手翻译俄文的《国际歌》，并写出了这首令人热血沸腾的《赤潮曲》。这首诗歌颂了汹涌澎湃的红色革命浪潮不仅给古老的中国带来了新生的希望，也必将波及全球，为全世界被压迫的人们带来好消息。此诗目光高远，境界阔大，充溢着昂扬进取的乐观精神，读来使人感奋不已。

江南第一燕

万郊怒绿斗寒潮，
检点①新泥筑旧巢。
我是江南第一燕，

为衔春色上云梢②。

注释

①检点：查看是否符合要求、标准。
②云梢：云端。

赏析

这是一首托物言志的咏物诗。作者以燕子自况，抒发了要挽救祖国、使其新生的豪情壮志。诗的前两句，写燕子飞翔在绿色葱茏的广阔郊野上，迎风斗寒，衔来新泥，修筑旧的巢穴。一个"斗"字突出了燕子不畏艰辛的奋斗精神，而"检点"两字则突出了燕子认真细致的工作精神。有了这两句做铺垫，诗的后两句，作者满怀豪情地宣示自己就是"江南第一燕"，为给祖国大地"衔"来春色而奋力翱翔，直上云端。此诗想象新奇，富有豪情，颇具感染力。

刘伯坚
（1895—1935）

作者简介

中国无产阶级革命家，中国工农红军高级指挥员。四川平昌人。1920年6月起先后到比利时和法国勤工俭学。1921年冬与周恩来等发起组织旅欧中国少年共产党，翌年转为中国共产党党员，曾任中共旅欧总支部书记。1928年赴苏联莫斯科军政大学和伏龙芝军事学院学习。同年出席中共第六次全国代表大会。1930年回国，任中革军委秘书长、红军学校政治部主任。参与组织宁都起义，任红五军团政治部主任。曾当选为中华苏维埃共和国中央执行委员。中央红军主力长征后，任赣南军区政治部主任。1935年3月4日在与国民党军作战时受重伤被俘，21日在江西大庾（今大余）英勇就义。

带镣行

带镣长街行，
蹒跚复蹒跚①，
市人争瞩目，

我心无愧怍②。

带镣长街行，
镣声何铿锵，
市人皆惊讶，
我心自安详。

带镣长街行，
志气愈轩昂，
拼作阶下囚，
工农齐解放。

注释

①蹒跚：行走不便的样子。
②愧怍（zuò）：惭愧。

赏析

　　这首诗是作者从监狱走去受审时创作的。镣铐加身，被人押送着路过大街，自然格外引人注目，人们争相观看。在众人惊讶的目光注视下，作者内心十分镇定，不仅毫无愧怍之感，反而充满了无比的自豪之情，因为他是为理想信仰、为工农得解放而被囚的，还有什么比这更光荣的呢？对此，人们或许是不解，或许是敬佩，因为他们所看到的这个囚徒确实非同寻常，他那坦然的面容神色，他那逼人的英豪之气，都给他们心灵以极大的震撼。

方志敏

（1899—1935）

作者简介

　　中国无产阶级革命家、军事家，赣东北红军和革命根据地创建人，中国工农红军高级指挥员。江西弋阳人。1922年加入中国社会主义青年团。1924年转为中国共产党党员。1928年1月领导弋（阳）横（峰）起义。曾任中共闽浙赣省委书记，信江、赣东北省和闽浙赣省苏维埃政府主席，第十军代理政治委员等职。先后领导赣东北、闽浙赣革命根据地反"围剿"作战，并配合中央革命根据地反"围剿"作战。是中共第六届中央委员，第一、第二届中华苏维埃共和国中央执行委员和第二届主席团成员。被授予红旗勋章。1934年11月任红十军团军政委员会主席。1935年1月在江西怀玉山区遭国民党军包围，在玉山陇首村被俘。面对严刑和诱降，正气凛然，坚贞不屈。8月6日在南昌英勇就义。

诗一首

敌人只能砍下我们的头颅，
决不能动摇我们的信仰！
因为我们信仰的主义，
乃是宇宙的真理！

为着共产主义牺牲，
为着苏维埃流血，
那是我们十分情愿的啊！

赏析

这首诗收录在烈士的遗著《狱中纪实》中，应该是在狱中写的。全诗虽然很简短，但句句都是发自肺腑，非常诚挚，非常质朴，读来感人至深。由此我们能够深刻地理解，为什么共产党员信念坚定如山，为什么共产党员甘于抛头颅、洒热血，就因为他们信仰和为之献身的共产主义是"宇宙的真理"，这当然也是人类有史以来最伟大、最崇高的主义。

诗一首

雪压竹头低，
低下欲①沾泥。
一朝红日起，
依旧与天齐。

①欲：将要。

赏析

　　此诗创作于 1935 年 1 月，当时方志敏所率的部队已被国民党重兵围困，此时正值大雪天，方志敏看到厚厚的积雪把竹子压得低头的场景，心有所感，遂作此诗。全诗先抑后扬，先描写竹子遭受积雪重压而低头弯腰，然后笔锋陡转，突出雪后竹子迎着朝阳，昂首挺胸直指青天的动人风采，读来使人感到意蕴丰富，值得品味。显然这里写的不仅仅是竹子本身，更是象征了革命者身处危难而终将奋起的坚韧、乐观的精神。这样的诗作不仅抒发了作者个人的情思，也必将极大地鼓舞部队的士气。

　　陈毅元帅有一首歌咏青松的著名诗作："大雪压青松，青松挺且直。要知松高洁，待到雪化时。"方志敏写竹子的诗与此诗相映成趣，对比来读，当更有感悟。

陈松山
（？—约 1936）

──◆◆ 作者简介 ◆◆──

　　生平不详。1936 年前后被国民党反动派抓捕，关在江西莲花九都坊监狱里，不久被杀害。

革命的"铁砧"①

共产党人意志坚，
赴汤蹈火我当先。
严刑拷打何足畏，
"铁砧"美名万古传。

注释

①江西莲花县监狱中的共产党员坚贞不屈，宁死不降。敌人称："共产党员诚属'铁砧'，用尽重刑亦无济于事。"陈松山同志闻知此事后，便写了这首诗。

共产党员被比作"铁砭",而这个奇异的"美名"竟然出自敌人之口,可见敌人面对意志坚定的共产党员,是多么恼怒,多么无计可施,多么无可奈何。应该说,这个比喻既十分新奇,又非常贴切。任凭皮鞭打、烙铁烫,任凭敌人用尽种种重刑酷刑,共产党员都巍然屹立,毫不动摇。读这首诗,不难感受到作者十分乐意接受"铁砭"这个"美名",他为此而感到自豪和骄傲。这当然也是所有坚贞不屈的共产党人都愿意接受的"美名"。

赵一曼

（1905—1936）

作者简介

四川宜宾人。1926年加入中国共产党。1927年赴莫斯科中山大学学习,1928年回国。九一八事变后到东北,历任哈尔滨总工会代理书记、东北人民革命军第三军第一师第二团政委等职。1935年11月作战时受伤被俘,1936年8月2日在珠河（今黑龙江尚志市）英勇就义。

滨江抒怀

誓志为国不为家,
涉江渡海走天涯。
男儿岂是全都好,
女子缘何分外差?
一世忠贞兴故国,
满腔热血沃中华。
白山黑水①除敌寇,
笑看旌旗红似花。

注释

①白山黑水:长白山和黑龙江,泛指我国东北地区。

巾帼不让须眉。自古以来，特别是近现代历史上，中华大地不乏令人敬佩的女英雄，赵一曼就是其中很突出的一位。这位生长于天府之国的女子，怀抱抗日救国的壮志来到冰天雪地的东北，历经战斗，屡建奇功，最终血洒大地，以身殉国，为后人树立起一座爱国主义的历史丰碑。

这首诗就是女英雄立志舍身救国的誓言，也是其壮美精神世界的写照。诗一开端就凸显出女英雄气魄不凡的豪情壮志："誓志为国不为家，涉江渡海走天涯。"这两句令人想到革命女侠秋瑾的"漫云女子不英雄，万里乘风独向东"，可见巾帼英豪之雄心，毫无二致。紧承开端两句，诗的三、四句便点明了女子未必不如男，显示出女英雄不让须眉的坚定自信。五、六句则直抒胸臆，表达忠贞报国、甘洒热血的决心。结尾两句坚信敌寇最终必将被彻底歼除，革命胜利的红旗一定会飘扬在白山黑水的大地上。"笑看旌旗红似花"一句，豪迈中也含有柔美，显示出女英雄特有的美好气质。

李飞
（1917—1936）

作者简介

原名李英华，吉林德惠人。中国共产党党员。曾任共青团下江特委书记。1936 年牺牲，年仅 19 岁。

送友赴平①升学

瘴气②茫茫在眼前，
开明道路是青年。
登山务期达绝顶，
掘井何堪不及泉。
气壮应嫌天宇隘，
心平莫畏世途艰。
英雄自古皆无种③，
惟吾男儿志须坚。

①平：北平，今北京。

②瘴气：热带或亚热带山林中的湿热空气，从前被认为是瘴疠的病原。这里用来比喻社会政治黑暗。

③皆无种：并不是天生就有的。出自《史记·陈涉世家》："王侯将相宁有种乎？"

赏析

　　这是一首赠别诗。作者的朋友到北平读书，分手之际，作者特作此诗相送，以表心意。诗一开端就指出，在这黑暗的社会里，青年人的责任就是要开辟一条光明的道路；三、四句作者以登山和掘井作比，勉励友人做事一定要坚持到底，绝不可半途而废；五、六句鼓励友人要有气冲云天的豪情壮志，以淡定平静的心态面对世间的困难；最后两句作者化用《史记·陈涉世家》中的名句，借此强调说明英雄不是天生就有的，我们应做意志坚强的好男儿，做出一番英雄的事业。这首诗感情高昂，充满着积极向上的青春朝气，诗句对仗工整，铿锵有力，很能激发人的精神斗志。作者十几岁就能写出这样的好诗，可见其人少有大志，且有才华。

吕大千

（1909—1937）

作者简介

　　黑龙江宾县人。1933年加入中国共产党。曾任中共宾县特别支部宣传委员、书记等职。1937年5月被捕入狱。同年7月被日寇杀害于哈尔滨圈河。

狱中遗诗

时代转红轮，
朝阳日日新。
今年春草除，
犹有来年春。

赏析

唐代诗人白居易有著名诗句："离离原上草，一岁一枯荣。野火烧不尽，春风吹又生。"吕大千烈士的这首诗似乎受到白居易诗的影响，但它的基调更为高昂明朗，读来令人眼前一亮，颇为振奋。"时代转红轮，朝阳日日新"，这是写时代前进，正如朝阳日新，无可阻挡，也是作者乐观豪迈精神的写照。作者深知，今年原野上的春草会在寒风中枯萎，但他更坚信，来年必定又是春草繁茂，呈现无限生机。作者虽然身陷囹圄，遭受折磨，却并不悲观消沉，相反，他的思想情感是如此乐观积极，实在令人钦佩和感动。

宣侠父

（1899—1938）

—— 作者简介 ——

浙江诸暨人。中国共产党党员。1924 年在黄埔军校第一期肄业。曾任察绥民众抗日同盟军第二军师长、八路军总部高级参谋。1938 年 8 月在西安被国民党反动派杀害。

诗三首

一

神州遍地涨烽烟，
莫只登楼意黯然。
惟有齐心来革命，
一条生路在人前。

二

中华民族命何穷，
都在铁蹄践踏中。
今日工农齐奋起，
国民革命快成功。

79

三

人民渐自梦中回，

革命呼声惊似雷。

同志如今须记取，

自由要用血争来。

🌸赏析

这三首诗都写于第一次国内革命战争时期。当时的中国军阀混战，政治黑暗，民不聊生，作者感时伤世，遂作诗以抒怀言志。

第一首写作者看到神州大地到处都是战火烽烟，难免会感到沉重伤心，但他深刻地认识到，空有伤悲无济于事，只有人们齐心起来革命，中国才有生路和希望。

第二首作者悲叹中华民族被帝国主义和国内反动派铁蹄践踏的穷苦命运，号召工农大众一齐奋起，争取国民革命尽快成功，只有这样，中华民族才能得到解放。

第三首写人民大众渐渐从梦中觉醒，革命的呼声正如惊天雷鸣，震撼神州大地。作者明确指出，自由是有代价的，那就是要用鲜血和生命才能争来。作者以此勉励革命同志，当然也是自勉自励。

这三首诗感情沉痛而激昂，充满着奋勇向前的革命斗志，由此可见作者忧国忧民，心怀大志，也可以感受到当时社会动荡不安、革命浪潮汹涌澎湃的时代风貌。

辛忠荩

（1903—1939）

·作者简介·

江西九江人。1926 年加入中国共产党。1927 年起历任德安临时县委秘书长兼宣传部部长、德安县委书记等。曾两次被捕，斗争坚决。1937 年任中共赣北工委宣传部部长，在岷山根据地组织抗日游击武装。1939 年 2 月，在敌人制造的岷山惨案中被捕，同年 4 月英勇牺牲。

第二次入狱题监牢

能受天磨①真铁汉，

不遭人忌是庸才。

监牢且作玄都观②，

我是刘郎今又来。

注释

①天磨：上天的磨炼。指各种各样的艰难困苦。

②玄都观：唐朝的道观，在长安。唐朝刘禹锡因为参加革新运动被贬官在外，十年后被召回京。他到玄都观里去观赏桃花，写了一首诗，其中有句"玄都观里桃千树，尽是刘郎去后栽"，以此嘲讽朝廷上新贵都是他贬官后上台的，因此再被贬官。过了十几年，朝廷又召他回京，他再游玄都观，桃花已没有了，他再写诗："种桃道士归何处，前度刘郎今又来。"烈士用以借指自己再次入狱。

赏析

"宝剑锋从磨砺出，梅花香自苦寒来。"自古至今，英才俊杰往往屡经磨难，多遭人忌。对于革命者来说，尤其如此。能经受住各种各样的艰难困苦，能不怕敌人的忌恨与杀戮，才是真正的铮铮铁汉。作者此时已入狱两次，多经磨难，却毫不畏缩、后悔，反而精神昂扬，斗志更坚。在狱中他以诗明志、自励，且把自己比作唐代两次遭贬的刘禹锡，借以表示对敌人的嘲讽和不屑，也表现了作者乐观幽默的精神气质，这正是革命者精神十分强大的体现。

春夜偶感

半世韶华逝水过，
敢将颠沛问如何。
喇叭声咽心余恨，
夜夜诗成当战歌。

赏析

这首诗作于1939年2月，是作者第三次被捕后在狱中写下的。当时，敌人为劝降他，逼他读《圣经》，他把《圣经》分拆开，在书页上写诗言志，今原件犹存。

诗的前两句，作者首先回顾了如流水般逝去的半世大好年华，想到自己经历过的诸多磨难和挫折，心中颇多感慨，但并不气馁消沉，一个"敢"字充分表现出作者勇于直面颠沛困顿、笑傲挫折磨难的英豪气概。是啊，对一个真正的革命者来说，流血牺牲尚且不怕，遭受困顿挫折又算得了什么呢？诗的后两句，作者将思绪拉回现实处境，表达自己身处牢狱的坚强斗志：窗外传来呜咽的喇叭声，更激起了作者满心的仇恨，他不能奔赴战场，只能夜夜写诗，权且当作战歌，来抒发昂扬的战斗豪情。"夜夜诗成当战歌"，这是多么豪迈壮美的诗句！作者的战斗意志和精神风采极为感人。

周浩然
（1915—1939）

━━━━━ 作者简介 ━━━━━

　　原名周世超，山东即墨人。1933年参加青岛左联活动，撰写革命文章，遭国民党青岛当局通缉。1936年3月，入山东大学旁听。次年抗战全面爆发后，毅然弃学回乡，积极开展抗日救国活动。1939年7月加入中国共产党，同年就任中共即墨县委组织部部长。9月，被叛徒出卖，遭敌军围堵，壮烈牺牲。

悼瞿君

　　报见蒋电令蒋鼎文将瞿秋白就地执行枪决的消息，我不禁悲愤交集，誓为民众杀此老贼，更而致悼瞿君云：

青冢①无情埋侠骨，

沙场不再供驰驱。

一生空怀济世志，

于今抔②土恨千古。

注释

　　①青冢（zhǒng）：王昭君墓，据说王昭君坟墓上草色常青，故曰青冢。这里借指瞿秋白墓。

　　②抔（póu）：用手捧东西。

赏析

　　1935年6月瞿秋白在福建长汀从容就义。周浩然看见报道后悲愤交集，特作此诗，以表悼念。全诗突出表达了烈士壮志未酬身先死的千古遗恨，对烈士之死深怀无限惋惜之情：无情的坟墓埋葬了一身侠骨的烈士，他再也不能像战士那样驰骋沙场了；烈士一生怀抱救国济世的壮志，却未得实现，于今也只能在坟墓里遗恨千古了。诗中的"无情""不再""空怀""恨"等字词，不断加深、强化着惋惜与遗恨之情，读之令人怆然有感。

这首诗是悲叹瞿秋白烈士的，但也可以看作悲叹所有壮志未酬身先死的革命烈士。

偶感

秋风吹残池塘苇，
雁声催随征夫①泪。
大江滔天浪东去，
英雄心愿何时遂？

🌀注释

①征夫：从役之人，指从军的士兵。

🌀赏析

这是一首触景生情的偶感之作。时属深秋，风吹着池塘中衰残的芦苇瑟瑟作声；大雁的阵阵叫声，催生了从军士兵思乡的泪水。面对此情此景，作者不由得想起了自己身处的这个动荡不安的时代，想到大好年华正如江水滚滚东去，而自己救国济世的雄心壮志何时才能实现呢？由此诗不难看出，作者素有大志，常怀忧世伤时之心，故有此作。

杨靖宇

(1905—1940)

⬥作者简介⬥

中国无产阶级革命家，东北抗日联军创建人和领导人。原名马尚德，字骥生，河南确山人。回族。1926 年加入中国共产主义青年团。1927 年转为中国共产党党员。1929 年春起，先后任中共抚顺特别支部书记，中共哈尔滨市委书记兼满洲省委军委代理书记，东北人民革命军第一军第一独立师师长兼政治委员等。曾当选中华苏维埃共和国中央执行委员。1934 年联合 17 支抗日武装，成立抗日联合军总指挥部，任总指挥。后任东北抗日联军第一军军长兼政治委员、第一路军总司令兼政治委员，中共南满省委书记。1940年2月壮烈殉国。

东北抗日联军第一路军军歌

我们是东北抗日联合军，
创造出联合军的第一路军。
乒乓的冲锋杀敌缴械声，
那就是革命胜利的铁证。

正确的革命信条应遵守，
官长士兵待遇都是平等。
铁般的军纪风纪要服从，
锻炼成无敌的革命铁军。

亲爱的同志们团结起，
从敌人精锐的枪刀下，
夺回来失去的我国土，
解放亡国奴的牛马生活！

英勇的同志们前进呀！
赶走日寇推翻"满洲国"。
这一次的民族革命战争，
要完成弱小民族的解放运动。

高悬在我们的天空中，
普照着胜利军旗的红光。
冲锋呀，我们的第一路军！
冲锋呀，我们的第一路军！

赏析

九一八事变后，为了进一步发展壮大东北人民抗日武装力量，党组织派遣杨靖宇前往吉林磐石担任南满游击队的政委。这支队伍逐渐发展成为东北抗日联军第一路军。杨靖宇担任这支军队的总司令兼政委，他为自己的这支队伍创作了这首军歌。

这首军歌共分五节。第一节首先亮出军队的旗帜，然后满怀信心地宣示：我们英勇冲锋杀敌，革命必胜；第二节表明了革命军队的性质，那就是官兵平等，纪律严明，这是军队能够成为无敌铁军的政治保证；第三、四节则号召将士们团结奋战，收复国土，完成民族解放运动；最后一节呼应第一节，鼓舞将士们高举军旗，为了胜利奋勇冲锋。这首军歌是作者自己革命理想信念的写照，也是抗日联军的精神坐标，是革命军队的军魂。全诗铿锵有力，气势磅礴，充满了革命必胜的信念和乐观主义精神，大大振奋了军威士气，有力地打击了敌人，其作用重大，不可估量。

张自忠
（1891—1940）

• 作者简介 •

字荩忱，山东临清人。中国国民党爱国将领。1914年投军，后入冯玉祥部，升至旅长。1928年后任第二集团军第二十五师、第六师师长。1930年随冯玉祥参加中原大战。1931年任国民党第二十九军第三十八师师长。1935年华北事变后，任察哈尔省政府主席、天津市市长。七七事变后，一度代理冀察政务委员会委员长兼北平市市长。1938年先后参加徐州会战和武汉保卫战，升任国民党第三十三集团军总司令。1940年兼任第五战区右翼兵团总司令。同年5月枣宜会战中，在湖北宜城南瓜店前线同日军激战时牺牲。

诗一首

谁许中原①与乱兵？
未死总负报国名。
会有青山收骸骨②，
定教鸟兽祭丹心。

①中原：黄河中下游一带，这里泛指中华大地。
②骸骨：人死后留下的尸骨。

赏析

作者本为忠勇爱国之士，但七七事变发生时，正代理北平市市长的他，秉承上意，出面与日本周旋，试图和平解决争端，因此被骂为汉奸，这让他悲愤难抑，衷曲难诉。1939 年夏，他在重庆接受记者采访时，曾这样解说过自己的字："'荩忱'即忠臣，如今民国，没有皇帝，我们当兵的，就要精忠报国，竭尽微忱，故名'荩忱'。"还说："华北沦陷，我以负罪之身，转战各地，每战必身先士卒，但求以死报国。他日流血沙场，马革裹尸，你们始知我取字'荩忱'之意！"他的这首诗，正是他这番以死明志、以死雪耻心迹的真实写照。作者以死报国的忠勇之气，悲壮之情，洋溢于字里行间，令人感动不已。

肖次瞻

（1905—1940）

作者简介

贵州思南人。1926 年加入中国共产党。曾任中共思南县委书记、中共贵州省工委秘书长等，1940 年夏被国民党特务逮捕，同年 12 月被敌人秘密杀害。

诗一首

历尽崎岖路几程，
寸心原欲救危倾①。
黄花②寂寞锁深院，
浓雾③迷漫罩古城。
忍受折磨堪励志，
相关痛痒见交情。
劝君正向光明面，
心自安详气自盈。

①危倾：比喻国家的危亡。
②黄花：菊花，以菊花能够傲霜来比喻革命者的坚贞不屈。
③浓雾：比喻反动派的黑暗统治。

赏析

　　这首诗是作者在狱中所作，以此来抒怀言志，并勉励狱中难友的。诗的开头两句，作者回顾自己在革命征程上历尽崎岖，原本怀抱着挽救国家危亡的雄心壮志；三、四句写到当下，自己却身系牢狱，寂寞难耐，唯以傲霜的黄菊花来寄寓情志，而反动派的黑暗统治正如弥漫的浓雾一样笼罩着这座古城，自己何日才能获得自由呢？五、六句作者勉励自己和难友，如今忍受折磨可以磨炼意志，大家患难之中痛痒相关、互相关心正能体现出革命友情；最后两句作者劝慰狱中难友，困厄之时要看到未来的光明和希望，这样就可以保持安定从容的心态和高昂的革命志气。

　　这首诗从回顾过去的革命路程，写到当下牢狱生活，再写到展望未来的光明；作者既抒发自己情感，又勉励狱中难友，全诗内容丰富，层次井然。

程晓村

（1913—1941）

作者简介

　　又名程翊，化名路马，江西人。中国共产党党员，曾任中共鄱阳县委委员，1941年被国民党反动派杀害。

梅花

梅花，我爱你，
我爱你耐得寒冷呀！
梅花，我爱你，
我爱你带来了春天。
你振起我有为的精神，
严冬中，不带一点枯黄的容颜。

自古以来，梅花的美好形象和可贵精神无不令人赞叹：它冰清玉洁，不同凡尘；它不畏严寒，迎来早春。革命者更是从梅花那里得到许多思想启迪和精神鼓舞，这首诗就是一个鲜明的例证。

给同志

去，勇敢地去吧！
望着死，
我也前去！
要自由，
怕死是懦弱的，
流出一条血路。
这一条路，
让后一代子孙走去。
要知道，
死了自己，
还有
无穷尽的
继起的同志。
无穷尽的后备军，
在踏着我们的血来了呀！
亲爱的同志！

赏析

革命往往意味着流血牺牲，革命容不得懦弱怕死。真正的革命者就要勇敢地面对死亡，时刻准备为革命而献身。作者这首写给同志的诗，就是要激励和鼓舞革命同志勇敢前进，勇于牺牲，为革命后来者开辟一条血路，当然这也是作者的自勉自励。

笑什么

笑什么，朋友，

是不是
笑我是一个傻瓜？
是的，
我是一个傻瓜。
我以我的热情，
我希望将来有一个
大家庭，
不用锁匙，
也不用大门。

赏析

在有些人看来，革命者不为自己着想，却为了什么理想、信念而舍身忘我，出生入死，这实在是太傻。但这正是革命者的可贵之处、伟大之处。社会的发展、历史的进步，正是因为有了无数个这样的革命"傻瓜"才得以实现。作者满怀热情地袒露自己希望将来有一个"大家庭"的心声，这个"不用锁匙，也不用大门"的"大家庭"，不正是太平祥和的美好社会的象征吗？这就是作者奋斗的目标，也是无数革命"傻瓜"的共同追求。

迎接太阳

我迎接太阳起山——
我正在为着奴隶们解放的事业，
——我在战场上呀！
我拿起了一支枪，
守在古老的废墟上，
我看见枪口上的花开放了……

赏析

这首诗写的是战场和战斗，却没有丝毫的血腥和残酷气息，而是写得诗意盎然，很富有浪漫色彩。在作者笔下，他在战场上拿枪战斗，是在"迎接太阳起山"，而他射出子弹，是"枪口上的花开放了"。这别出心裁的想象，这生动别致的诗句，显示了作者丰富美好的心灵世界和革命乐观主义精神。

何功伟

（1915—1941）

· 作者简介 ·

　　又名何斌，湖北咸宁人。1936年加入中国共产党，曾任中共湖北省委委员、鄂南特委书记等职。1941年1月在湖北恩施被捕，坚强不屈，同年11月被敌人杀害。

狱中歌声

黑夜阻着黎明，只影吊着单形，

镣铐锁着手胫，怒火烧着赤心。

蚊成雷，鼠成群，灯光暗，暑气蒸，

在没太阳的角落里，

谁给我们同情慰问？

谁抚我痛苦的伤痕？

我热血似潮水的奔腾，心志似铁石的坚贞，

我只要一息尚存，誓为保卫真理而抗争。

呵！姑娘，去秋握别后，再不见你的倩影①，

别离为了战斗，再会待胜利来临。

谁知未胜先死，怎不使英雄泪满襟②！

你失了勇敢的战友，是否感到战线吃紧？

我失了亲爱的伴侣，也曾感到征途凄清！

不，姑娘，你应该补上我的岗位，坚决地打击敌人！

愿你同千千万万的人们，踏着我们的血迹前进！

呵，姑娘，天昏昏，地冥冥，用什么来纪念我们的爱情？

惟有作不倦的斗争。

用什么表达我的忿怒？

惟有这狱中歌声。

注释

①倩影：俏丽的身影。

②英雄泪满襟：出自杜甫《蜀相》，"出师未捷身先死，长使英雄泪满襟"。

赏析

　　这首诗是作者在狱中创作的。作者镣铐加身，被囚铁窗之内，受尽煎熬。尤其到了黑夜，形单影只，蚊、鼠成群，暑气蒸腾，更是苦不堪言。这里没有光明和希望，没有同情和慰问，但作者并不畏惧和气馁，相反，他的热血仍在奔腾，他的心志更加坚定，他决心只要一息尚存，就要为保卫真理而抗争。这是多么顽强的斗志，这是多么昂扬的精神！

　　在这黑暗窒闷的牢狱里，作者也深情地怀恋着他亲爱的革命伴侣，想到自己出师未捷而身将先死，他就忍不住泪湿衣襟，想到再也无法见到亲爱的伴侣，也不禁凄然伤情。但毕竟是胸怀宽广、意志刚强的革命者，他最终还是精神昂扬地鼓舞亲爱的伴侣，要同千千万万的革命同志一起，踏着他们这些烈士的血迹前进，去进行不屈不挠的斗争，这也是对牺牲的人的最好的纪念。

　　这首诗既突出了作者坚贞不屈的革命斗志，也表现了作者不乏柔情的美好人性，感情真挚丰富，深婉浓烈，十分感人。

林正良

（1907—1941）

作者简介

　　贵州金沙人。1938 年加入中国共产党，在金沙一带积极领导开展抗日救国活动。1941 年在贵阳被国民党秘密杀害。

狱中勉诸儿

国仇家难恨重重，
责在儿身莫放松。
学艺克家①跨灶②子，
读书救国主人翁。
歌成正气文相国③，
冰结坚甲史阁公④。

千古英雄承母教,⑤
圣贤事业盼追踪。

注释

①克家：担当家事，指儿子能继承父母事业。

②跨灶：比喻儿子胜过父亲。

③文相国：指南宋文天祥。他起兵抗元，战败被俘，作《正气歌》，宁死不屈，最后被害。

④史阁公：指明朝兵部尚书史可法。他驻守扬州，抵抗清兵，城陷被杀。

⑤"千古"句：南宋爱国将领岳飞秉承母亲尽忠报国的教诲，抗金救国，功勋卓著，成为人们敬仰的千古英雄。

赏析

这首诗是作者在狱中写给儿子的。作者勉励儿子要牢记深重的国仇家恨，做一个有志男儿，担负起救国重任。作者以历史上著名的爱国英雄文天祥、史可法的事迹来教育儿子，并希望儿子能像名垂千古的爱国将领岳飞那样秉承长辈教诲，做出一番伟大事业。作者身陷牢狱，自知生命难保，念念不忘的仍然是革命救国大业，并将伟大事业寄希望于儿子，其革命忠心感人至深。正因为有许许多多像作者这样的革命烈士，革命事业才后继有人，必然胜利。

杨道生
（1910—1942）

作者简介

江苏淮安人。1938 年加入中国共产党。长期从事党的文化出版事业。1941 年 2 月前往乐山途中被特务逮捕。1942 年 6 月被秘密杀害。

狱中

中原大地起腾蛟①,
三字②沉冤恨未消。

我自举杯仰天笑，
宁甘斧钺不降曹③。

注释

①起腾蛟：蛟龙腾跃。这里指日寇入侵和国民党反动派进行反共活动。

②三字：指"莫须有"三字。南宋时期秦桧以"莫须有"的罪名陷害岳飞，后遂以"三字狱"比喻无罪被冤入狱。

③曹：曹操。这里借指国民党反动派。

赏析

这是一首悲愤之诗，也是一首悲壮之诗。在日寇为祸正深之时，国民党反动派不但不抗战，反而千方百计制造摩擦，抓捕共产党人，并给扣上莫须有的罪名，这岂能不让人悲愤万分？面对这样的反动派，作者毫不屈服，宁肯被杀，也决不投降。"我自举杯仰天笑，宁甘斧钺不降曹"，这情怀，这气势，豪迈悲壮，堪比谭嗣同的名句"我自横刀向天笑，去留肝胆两昆仑"。

陈法轼

（1917—1942）

作者简介

贵州贵阳人。1939 年加入中国共产党。曾积极参加贵州邮电职工运动。1941 年 11 月被捕，1942 年在贵阳被害。

狱中诗

磊落生平事，
临刑无点愁。
壮怀犹未折，
热血拼将流。
慷慨为新鬼，
从容作死囚。

多情惟此月，
再照雄心酬。

赏析

　　这是一首坦荡豪迈的狱中之作。作者身系牢狱，即将受刑。此时，他首先回顾了自己坦荡磊落的一生，觉得没有什么个人放不下的事情，因而面对死亡并无半分畏惧和忧伤，完全能够从容就义。然后想到眼下自己仍然壮志满怀，而一腔热血即将为此而抛洒，一股悲壮的英雄豪情不禁油然而生。既然要死，那就要死得慷慨大气，从容不迫："慷慨为新鬼，从容作死囚。"这两句铿锵有力，掷地有声，作者视死如归的英雄气概令人动容。最后作者想到自己虽然死了，但终有一天，革命会取得胜利，他的雄心壮志也必将实现，眼前那多情的明月，会见证这一天。

　　这首诗语言凝练，对仗工整，风格豪迈大气，很有艺术感染力。

王凌波

（1889—1942）

作者简介

　　湖南宁乡人。1925年加入中国共产党。1927年长沙马日事变后曾两次被捕入狱，始终不屈。抗日战争全面爆发以后，担任八路军驻湘通讯处主任兼新四军驻湘办事处主任，参与领导开展湖南抗日民主运动和统战工作。1940年调至延安，担任延安行政学院副院长。1942年因病逝世。

诗一首

相识各年少，
而今快白头。
前途正艰巨，
拔剑断横流①。

注释

　　①横流：本指水流不由故道，即洪水泛滥之意。此处指国民党反动派的倒行逆施。

　　此诗作于 1940 年，是作者回赠给自己妻子的答诗。这年作者生日时，同为革命战友的妻子特意为之作诗一首，诗曰："风雨结同舟，依依约白头。任凭潮浪险，相与渡横流。"其时抗日战争正处于艰苦阶段，国民党反动派又不断制造反共事件，形势十分严峻。妻子赠诗既抒夫妻深情，也表同志之勉。丈夫的答诗也深情回顾了两人由年少相识到如今几近白头的风雨历程。然而，革命夫妻相濡以沫、永结同心的恩爱，并不仅仅局限于通常的"执子之手，与子偕老"，除了这份普通人真挚而美丽的情感之外，更有"相与渡横流""拔剑断横流"的革命信念和斗志，也正是这样共同的信念和斗志，使他们之间的爱情更为坚固和永久，这也正是"革命夫妻"的可敬之处。

蒲风
（1911—1942）

作者简介

　　原名黄日华，广东梅县人。中国现代著名革命诗人。中国诗歌会主要发起人之一。前期诗歌主要反映农民的疾苦和反抗，后期以抗日反帝为主题，诗歌热情朴实，通俗易懂。1942 年 8 月病逝。

扑灯蛾

熊熊的火焰在燃烧，
无数的扑灯蛾齐向火焰中扑跳；
——先先后后，
没有一个要想退走！

哦！你渺小的扑灯蛾哟！
难道，你不知道这烈火会把你烧？
难道，你不曾看见
许许多多的同伴已在火中烧焦？

为着坚持自己的目标奋斗到底，

——不怕死！

为着不忍苟全一己的生命，

——不怕死！

扑灯蛾！扑灯蛾！

是否你们因此而继续

不断地投在火焰里？

熊熊的火焰在燃烧，

无数的扑灯蛾已在火中烧焦！

——先先后后，没有一个要想退走！

啊啊！它们没有一个要想退走！

赏析

　　1927 年国民党反动派发动四一二政变，大肆屠杀共产党人。但白色恐怖吓不到真正的革命者，他们踏着同伴的血迹，依然昂首前行。诗人很受感动和鼓舞，遂作此诗。这是一首咏物诗，诗人借写扑灯蛾为追求光明而扑向火焰的壮烈行为，来比喻革命者前赴后继、不怕牺牲的伟大精神。此诗感情真挚强烈，格调激昂高亢，很能打动人心。

我爱一支枪

我爱一支枪，

枪口上着刀，

时常背在肩上，

雄赳赳的

是一个战士模样！

我爱一支枪，

把它紧靠在身旁；

前后左右移动都先照顾它，

它是我的生命，

永远握在我手上！

我爱一支枪，
带它进出在火线上：
两眼对准标尺也对准前方，
我要用珍珠般的子弹
射出敌人的脑浆！

喂！
我爱一支枪，
把它擦得蛮漂亮，
太阳照着射光芒！
早也爱它，
晚也爱它，
夜里有时也把它共着躺，
它是我的枕头，
它是我的姑娘！

赏析

　　此诗写于1938年，表达了诗人手握钢枪走上战场前的激动心情。本是笔墨为业的诗人，而今摇身一变，成为一个荷枪战士，诗人对此感到十分自豪和骄傲；作为一名抗日战士，诗人着力抒写了他对枪支的珍惜与热爱，甚至把对枪支的感情加以升华，说"它是我的姑娘"。诗人写对枪的深爱，实则是要反衬出对敌寇的无比仇恨，因为手握长枪的使命就是射杀敌寇。

林基路

（1916—1943）

━━━━◆ 作者简介 ◆━━━━

　　广东台山人。1935年加入中国共产党。1938年受党的派遣到新疆工作。曾任新疆学院教务长、库车县县长等职。1942年被捕，1943年牺牲于狱中。

囚徒歌

我噙泪①低吟民族的史册，
一朝朝，一代代，
但见忧国伤时之士，
赍志②含愤赴刑场。
血口獠牙的豺狼，
总是跋扈嚣张。

哦！民族，苦难的亲娘！
为你那五千年的高龄，
已屈死了无数的英烈。
为你那亿万年的伟业，
还要捐弃多少忠良！
铜墙，困死了报国的壮志，
黑暗，吞噬③着有为的躯体，
镣链，锁折了自由的双翅，
这森严的铁门，囚禁着多少国士！
豆萁相煎④，便宜了民族仇敌。
无穷的罪恶，终要叫种恶果者自食；
难闻的血腥，用嗜血者的血去洗。

囚徒，新的囚徒，坚定信念，贞守立场！
砍头枪毙，告老还乡；
严刑拷打，便饭家常。
囚徒，新的囚徒，坚定信念，贞守立场！
掷我们的头颅，奠筑自由的金字塔，
洒我们的鲜血，染成红旗，万载飘扬！

注释

①噙（qín）泪：含泪。

②赍（jī）志：怀抱着志向。

③吞噬（shì）：吞食；并吞。

④豆萁相煎：典出三国曹植《七步诗》。原意是比喻兄弟相残，这里是比喻中

华民族同胞自相争斗、残杀。

🌀赏析

　　这首囚徒之歌包含两种情感。首先是作者噙泪对民族的苦难历史和祖国的危急现实加以深沉的反思和拷问：为什么我们的民族总有那么多的苦难和不幸？为什么会有那么多的忠良和英烈遭捐弃和残害？这是极为沉痛的血泪控诉，也是悲愤至极的怒声责问。然后作者将思绪转回当下革命者自身，慷慨激昂地反复宣示：当新的牺牲作为必需的代价落到自己身上时，为了国家和民族，这些"新的囚徒，坚定信念，贞守立场"，要无所畏惧，敢于掷头颅，争自由，洒鲜血，染红旗，要让革命胜利的红旗万载飘扬！全诗情感深沉饱满，气氛沉重热烈，既具有历史的悲凉之感，又富有现实的担当勇气，读来令人伤感，更催人奋起。

朱学勉

（1912—1944）

──── 作者简介 ────

　　原名应端贤，浙江宁海人。1937年奔赴延安，并加入中国共产党。1938年回浙江工作，曾任中共余姚中心县委书记、诸暨县委书记等职。1944年在墨城坞激战中壮烈牺牲。

有感

男儿奋发贵乘时，
莫待萧萧两鬓丝。
半壁河山沦异域①，
一天烽火遍旌旗。
痛心自古多奸佞②，
怒发而今独赋诗。
四万万人同誓死，
一心一德一戎衣③。

①沦异域：沦为异域，指被日军占领。

②奸佞（nìng）：奸邪诌媚之人。

③一戎衣：出自《诗经》："岂曰无衣？与子同袍。"意思是，不要说没有衣服穿，我与你合穿同一件衣袍。比喻团结一心，共御外敌。

赏析

此诗作于 1937 年抗日战争全面爆发之初。作者面对大片河山沦为异域、抗日烽火遍地燃烧的危局，决心奋发乘时，有所作为。想到中国自古以来多有导致国家败亡的奸佞，作者不禁痛心疾首，怒发冲冠，赋诗表志：要与全中国四万万人一心一德，同仇敌忾，誓死抗战救国。作者忧国救亡之情洋溢于字里行间，十分感人。

郁达夫

（1896—1945）

作者简介

中国作家。名文，浙江富阳人。早年留学日本。1921 年与郭沫若等发起组织创造社。回国后从事新文学创作，参与主编《创造季刊》《洪水》等刊物，并先后在北京大学、武昌大学、中山大学等校任教。1928 年与鲁迅合编《奔流》杂志，致力于外国文学的翻译介绍。抗日战争时期在新加坡主编《星洲日报·文艺副刊》，积极从事抗日宣传工作。新加坡陷落后流亡到苏门答腊，1945 年 8 月 29 日被日本宪兵队杀害。早期小说大都表现五四青年的爱国情绪、社会遭遇和内心忧郁，大胆挑战封建道德礼教，情调感伤激愤。20 世纪 30 年代后转以散文、游记创作为主，文风趋于清隽洒脱；所作旧体诗词成就甚高。

无题（两首）

一

草木风声势未安，
孤舟惶恐再经滩。①
地名末旦②埋踪易，
楫指中流转道难。③

天意似将颁大任，
微躯何厌忍饥寒？④
长歌正气⑤重来读，
我比前贤路已宽。

二

赘秦⑥原不为身谋，
揽辔⑦犹思定十州。
谁信风流张敞笔⑧，
曾鸣悲愤谢翱楼⑨。
弯弓有待山南虎，⑩
拔剑宁惭带上钩。⑪
何日西施随范蠡，
五湖烟水洗恩仇。⑫

注释

①"草木""孤舟"两句：这两句是写新加坡沦陷后，形势紧张，诗人乘船转往苏门答腊的事。草木风声，化用东晋符坚的典故。符坚在淝水战败，听见风声鹤唳，见到草木摇动，都以为敌军追来，惊恐万分。惶恐再经滩，化用南宋文天祥诗句"惶恐滩头说惶恐"。

②末旦：苏门答腊的一个小地方。

③"楫指"句：指诗人在流亡中想转道回国从事抗战很难办到。

④"天意""微躯"两句：化用《孟子》中的文句："故天将降大任于是人也，必先苦其心志，劳其筋骨，饿其体肤。"

⑤长歌正气：指文天祥在狱中作的长诗《正气歌》。

⑥赘秦：有个秦国人家里贫穷，就到女方家去做上门女婿。这里指郁达夫在苏门答腊隐姓埋名，做了当地人家的女婿。

⑦揽辔（pèi）：借范滂揽辔的典故，表示有澄清天下的志向。

⑧风流张敞笔：指汉朝张敞替他的妻子画眉毛的事情。

⑨谢翱楼：南宋谢翱登西塔哭祭文天祥，并创作了《登西台恸哭记》。这里诗人指自己曾以创作文学作品的笔，写出了爱国忧国的悲歌。

⑩"弯弓"句：晋朝周处曾射杀南山虎，为民除害。

⑪"拔剑"句：这句意思是说，手中的剑并不比吴国的宝刀差。钩，吴钩，一种弯刀。

⑫ "何日""五湖"两句：这两句用了一个范蠡的典故。传说范蠡帮助越王勾践打败了夫差，此后就带着西施隐居到五湖烟水中。诗人借用这个典故，是表示自己想回国杀敌，迎接胜利的到来。

赏析

第一首诗人抒写自己抗日的行踪和不负大任、甘受磨炼的心志。诗的前四句写日军侵占新加坡后，局势危急，诗人只得流亡他处，最后落脚在末旦这个苏门答腊便于藏身的小地方，但想到祖逖中流击楫，誓要恢复中原的壮志，就不禁为自己难以转道回国从事抗日而感叹不已。后四句则写诗人深感自己肩负抗日救国的重任，决心忍受种种艰苦的磨炼，要重读《正气歌》，以坚贞不屈、英勇就义的文天祥为榜样，何况自己的处境比文天祥要好得多。这首诗勾勒出了诗人在民族危难时期的身影，抒发了诗人志在报国的赤子之心。

第二首诗人抒写自己内心的苦楚和意欲报国的志向。作为一个热爱祖国的赤子，在祖国危难之时，诗人却流亡异国他乡，隐姓埋名，心情自然是苦闷复杂的。而想到家中的妻子儿女，心里就更加难受了。但最终祖国的危难激发起他强烈的爱国激情，一心报国的壮志压倒了个人的痛苦，他决定弯弓拔剑，奋不顾身地回国杀敌，迎接抗战的胜利。

这两首诗都善于用典，感情悲怆，风格沉郁，写得真切生动，很有感染力。

王麓水

（1913—1945）

⊷ 作者简介 ⊶

江西萍乡人。1932 年加入中国共产党。1934 年参加长征。曾任中共鲁南区委书记兼鲁南军区政委。1945 年 12 月在山东滕县战斗中英勇牺牲。

挽李大钊烈士联

社会历史原空白，
你一笔，
我一笔，
写到悠长无纪极①。

壮士烈士皆鲜红，

这几点，

那几点，

造成全球大光明。

注释

①无纪极：无限，无穷尽。

赏析

1927 年春，作者只有十几岁。在追悼李大钊烈士的大会上，他写出并朗诵了这副挽联。上联指出社会历史是广大人民群众共同创造的，下联则指出革命壮士和烈士在创造社会历史过程中具有独特的不可替代的重大作用，正是因为他们的奋斗和牺牲，整个人类才有光明的未来。虽然作者年纪尚小，但这副挽联内容贴切，格律合范，表现出了较好的文学修养和对社会历史的正确认识，令人称道。

陈辉

（1920—1945）

作者简介

湖南常德人。现代诗人。1937 年左右加入中国共产党，后奔赴延安，又到晋察冀边区，担任晋察冀边区通讯社记者。1945 年 2 月，在执行任务时，因寡不敌众，拉响了最后一颗手榴弹，与近身的敌人同归于尽。

为祖国而歌

我，

埋怨

我不是一个琴师。

祖国呵，

因为
我是属于你的，
一个大手大脚的
劳动人民的儿子。

我深深地
深深地
爱你！

我呵，
却不能，
像高唱马赛曲①的歌手一样，
在火热的阳光下，
在那巴黎公社战斗的街垒旁，
拨动六弦琴丝，
让它吐出
震动世界的，
人类的第一首
最美的歌曲，
作为我
对你的祝词。

我也不会
骑在牛背上，
弄着短笛。
也不会呵，
在八月的禾场上，
把竹箫举起，
轻轻地
轻轻地吹；
让箫声
飘过泥墙，
落在河边的柳阴里。

然而，
当我抬起头来，
瞧见了你，
我的祖国的
那高蓝的天空，
那辽阔的原野，
那天边的白云
悠悠地飘过，
或是
那红色的小花，
笑眯眯地
从石缝里站起。
我的心啊，
多么兴奋，
有如我的家乡，
那苗族的女郎，
在明朗的八月之夜，
疯狂地跳在一个节拍上，
……

我们的祖国呵，
我是属于你的，
一个紫黑色的
年轻的战士。

当我背起我的
那支陈旧的"老毛瑟②"，
从平原走过，
望见了
敌人的黑色的炮楼，
和那炮楼上
飘扬的血腥的红膏药旗，
我的血呵，
它激荡，

有如关外
那积雪深深的草原里，
大风暴似的，
急驰而来的，
祖国的健儿们的铁骑……
祖国呵，
你以爱情的乳浆，
养育了我；
而我，
也将以我的血肉，
守卫你啊！

也许明天，
我会倒下；
也许
在砍杀之际，
敌人的枪尖，
戳穿了我的肚皮；
也许吧，
我将无言地死在绞架上，
或者被敌人
投进狗场。
看啊，
那凶恶的狼狗，
磨着牙尖，
眼里吐出
绿色莹莹的光……
祖国呵，
在敌人的屠刀下，
我不会滴一滴眼泪，
我高兴，
因为呵，
我——
你的大手大脚的儿子，

你的守卫者，
他的生命，
给你留下了一首
崇高的"赞美词"。
我高歌，
祖国呵，
在埋着我的骨骼的黄土堆上，
也将有爱情的花儿生长。

注释

①马赛曲：法国资产阶级革命时期的革命歌曲，后定为法国国歌。
②老毛瑟：指毛瑟步枪，德国毛瑟工厂生产。

赏析

　　这首著名的抒情诗创作于残酷的反扫荡斗争期间。诗人从自我的独特感受出发，抒发了他对祖国真挚炽热的情感，袒露了愿以自己血肉和生命守卫祖国的赤子之心。全诗自由而舒展，宛如一条奔流的感情长河，深深渗透进读者的心田。

　　真情是诗的灵魂。这首诗之所以动人，首先就是因为诗人对祖国的深情发自内心，他是情动于心，掩抑不住，不吐不快，正所谓言为心声，而不仅仅是嘴上喊出来的漂亮言辞。诗人毫不隐讳自己的笨拙：他不会弹琴，不会弄笛，也不会吹箫，因而也就不会为祖国演奏出美妙动听的赞美曲。但他却有一颗无比炽热的心，他愿意用生命为祖国留下一首崇高的"赞美词"。这是一个多情诗人爱国之心的真情表露，也是一个朴实的革命战士心灵的真实写照。这首诗是那么朴素而优美，又是那么庄重而深沉。这里没有那种标语口号式的空洞叫喊，而完全是一个独特的自我富有感情的生动话语，因而更能叩动读者的心弦。

　　一首好诗单有真情还不够，同时还必须将真情化为鲜明生动的艺术画面。这首诗把祖国蓝天原野的美丽风光、家乡苗族女郎跳舞唱歌的热烈场面和敌寇践踏下的凄惨景象生动地展现在读者眼前，从而激起人们对祖国的爱和对敌人的恨。特别是结尾的"祖国呵，在埋着我的骨骼的黄土堆上，也将有爱情的花儿生长"，更是画面生动，色彩鲜明，感情热烈而深婉，极富感染力，堪称名句。

献诗——为伊甸园而歌

那是谁说
"北方是悲哀的"呢?

不!
我的晋察冀呵,
你的简陋的田园,
你的质朴的农村,
你的燃着战火的土地
它比
天上的伊甸园,
还要美丽!

呵,你——
我们的新的伊甸园呀,
我为你高亢地歌唱。

我的晋察冀呵,
你是
在战火里
新生的土地,
你是我们新的农村。
每一条山谷里,
都闪烁着
毛泽东的光辉。
低矮的茅屋,
就是我们的殿堂。
生活——革命,
人民——上帝!

人民就是上帝!
而我的歌呀,
它将是

伊甸园门前守卫者的枪支！

我的歌呀，
你呵，
要更顽强有力地唱起，
虽然
我的歌呵，
是粗糙的，
而且没有光辉……

我的晋察冀呀，
也许吧，
我的歌声明天不幸停止，
我的生命
被敌人撕碎，
然而，
我的血肉呵，
它将
化作芬芳的花朵，
开在你的路上。
那花儿呀——
红的是忠贞，
黄的是纯洁，
白的是爱情，
绿的是幸福，
紫的是顽强。

🌊 赏析

　　这是陈辉烈士又一首诗意浓郁的抒情佳作。这是一首献诗，是献给共产党领导的晋察冀抗日根据地，献给这北方大地上的革命人民。作者深情地将这里比作"新的伊甸园"，禁不住为之"高亢地歌唱"。在作者笔下，这里虽然只有简陋的田园，质朴的农村，而且还燃着战火，但它却比天上的伊甸园还要美丽！因为这里是共产党领导下的新的伊甸园，这里是新生的土地、新的农村，这里的人民就是上帝！作者深情地歌唱道，也许自己的歌声明天就会不幸停止，自己的生命也会被敌人撕碎，然而，自己的血肉将会化作芬芳的花朵，盛开在路上："红的是忠贞，黄的是纯洁，白的是爱情，绿的是幸福，紫的是顽强。"这是多么新颖美妙的想象，多么奇丽别致的诗句，多么感人肺腑的深情。作者不仅是在用语言来编织美丽的献诗，也是在用自己的血肉生命来作为献给祖国和人民的祭礼。读这样的诗篇，谁能不深深为之感动呢？

诗一首

英雄非无泪，
不洒敌人前。
男儿七尺躯，
愿为祖国捐。
英雄抛碧血，
化为红杜鹃。
丈夫一死耳，
羞杀狗汉奸。

赏析

不同于前面两首自由舒展的白话新诗，这是一首诗句整饬的五言古体诗，作者也写得很动人。诗中表现了革命英雄对祖国的无比热爱和对敌人及汉奸的极度蔑视：为了祖国，革命英雄甘愿捐躯献身，他们抛洒的碧血，将化为美丽的红杜鹃；而面对凶残的敌人和卑贱偷生的汉奸，革命者威武不屈，视死如归，给他们以极大的精神震慑和羞辱。常言道"英雄流血不流泪"，作者这首诗对此做出了新的阐释和发挥，歌颂了革命英雄壮美的精神世界，也是作者自己精神世界的真实写照。

李少石
（1906—1945）

作者简介

广东新会人。1926年加入中国共产党。曾在香港、上海等地工作。1934年被捕，1937年获释出狱。1943赴重庆，任周恩来的英文秘书。1945年10月不幸遇难牺牲。

寄内①

一朝分袂②两相思，
何日归来不可期。
岂待途穷方有泪，③
也惊时难忍无辞。
生当忧患原应尔④，
死得成仁⑤未足悲。
莫为远人憔悴尽，
阿湄⑥犹赖汝扶持。

注释

①内：妻子。古人称妻子为"内人"或"内子"。

②分袂：分手，离别。袂（mèi），衣袖。

③"岂待"句：这句用了一个典故：晋朝阮籍坐车外出，碰到路走不通时，便痛哭着回来。这句的意思是，哪里还要等到路绝时才伤心，看到祖国当下所受的苦难，早就热泪盈眶了。

④尔：如此，这样。

⑤成仁：指为革命牺牲。

⑥阿湄：作者女儿的名字。

赏析

这首诗是作者写给自己妻子的。作者为革命离家别妻，四处奔波，相隔日久，夫妻之间难免相思。作者此诗显然就是为回答妻子的来信问讯而作的。诗的开头两句化用唐代诗人李商隐的名句"君问归期未有期"，表示虽然夫妻分别日久，相思情深，但作为革命者，要随时听从党的召唤，四海为家，归期难定。诗的三、四句巧用晋代阮籍途穷哭归的典故，抒发忧国伤时的极度悲愤之情。"无辞"，就是悲愤得难以言喻，与前面的"有泪"相照应，都突出了感情之深切难抑。五、六句则表示，活着就要承受忧患，死了则是取义成仁，这都是革命者的分内之事，不必为此伤悲。最后两句作者深情地劝慰妻子：不要过多牵挂我而伤了身体，咱们的女儿还要靠你来抚养长大啊。全诗既流露出作者作为丈夫对妻子的思念和关怀之情，更表现出一个革命者的忧国情怀和取义成仁的决心，感人至深。

寄母

赴义争能①计②养亲？
时危难作两全③身。
望将今日思儿泪，
留哭明朝无国人④。

注释

①争能：怎么能够。
②计：考虑，谋划。
③两全：指忠孝两全。为国尽忠，为父母尽孝。
④无国人：亡国之人。指生活在日军占领区的中国人民。

赏析

这首诗是作者写给自己母亲的。作者在诗中明确表示，自己投身于革命救国大业，为国尽忠，就无法奉亲尽孝了，在这国家将亡的危难时代，儿子实在难以忠孝两全。作者委婉地劝慰和开导母亲：您老今天不要为思念我而悲伤流泪，一旦日军侵略野心完全得逞，那些在日军铁蹄践踏下生活的人民，才更令人悲伤难受。母亲一定能够理解并支持自己儿子舍家为国的大仁大义之举吧。

南京书所见

丹心已共河山碎，
大义长争日月光。
不作寻常床箦死①，
英雄含笑上刑场。

①床箦死：死在床上。箦（zé）：床席。汉朝马援说："男儿要当死于边野，以马革裹尸还葬耳，何能卧床上在儿女子手中邪！"

赏析

这首诗写作者就自己在南京的所见而引发的深长感慨：在社会动荡、国家危难的时代，总会有仁人志士挺身而出，舍身救国。他们痛心祖国山河破碎，投身于可与日月争光的革命救国大业。为此，他们不仅舍弃了个人的安定生活，而且勇于牺牲自己的生命。而即便牺牲生命，也是视死如归，含笑而去，无所畏惧。作者的感慨，既是对革命志士的由衷敬佩和赞美，也含有对自己的勉励和鞭策。全诗洋溢着慷慨豪迈之情，颇为动人。

鲁特夫拉·木塔里甫
（1922—1945）

作者简介

维吾尔族爱国诗人，名字也被译为黎·穆塔里甫。1939年到乌鲁木齐求学，后在新疆日报社工作，受到共产主义的影响，创作了很多革命诗歌。1945年不幸被捕，英勇就义。

当突破黑夜，留下足迹的时候

岁月艰苦……希望却依然光明……
路程迢迢，无终无尽。
遍地是敌人的罗网，
到处是敌人的陷阱……

前面是河流……前面是渡口，
前面是曲折……阴险的道路。
前面是钢铁般胜利的岁月，
前面全是行动，全是战斗。

尽管那里浪涛起伏澎湃，
不断地向陡削的山崖击敲。
你依然站在那战斗的前哨，
坚守着你那战斗的坑道。

这里是暴风……那里是严寒，
阴惨的黑云遮满天空。
你在那里生长壮大的故乡，
洪水巨流已决口泛滥。

那些被摧毁的断壁残墙，
那些坟冢般堆起的废墟，
曾是你生长壮大的地方，
是你用血汗开拓养育的土地。

记住吧，这座村庄，
就是你的祖先和儿孙们的家乡。
那些旷野、花园、巍峨的群山，
如同你难舍的亲人一样。

那些翠绿的森林，对你是何等亲切，
那些深长的山涧，对你是何等坦率，
甚至是每个生灵，每个月夜……
都是你的忠实的伴侣。

那皎洁的明月，灿烂的繁星——
点点闪烁的银光，对你何等体贴。
广阔的田野，无穷的山脉……
都和你有着深厚的感情。

在那遮不住风雨的破屋里，
住着的是你心爱的妈妈。
在那险峻高大的山地，
奔走的是你游击队里的爸爸。

为你运送饮食和弹药的，
是你那六岁的小弟弟。
为你缝补军衣、做鞋的，
是你那七岁的小妹妹。

这就是他们踏过的钢铁的足迹，
它永远不会磨灭，不会消逝。
这就是他们燃起的火炬，
它将永不熄灭，日益旺炽……

那些融和着鲜血的泪水，
永远发光，不会消褪。
那些血的泪，红的血，
将会反射出太阳般的光辉。

若说年是卷，月就是它的页，
星期便是它的行，日子是标点。
用你的战斗来创造战斗的年月，
你赋给日子以力量，战斗的青年！

赏析

　　这首诗在诗人创作的大量革命诗歌中显得十分独特，也非常感人。这是一首激发自己革命斗志的励志诗，也是一首献给家乡和亲人的深情颂歌。诗人深知，在革命的征程上，道路曲折，形势严峻，但真正的革命者无所畏惧，依然前行，坚守在战斗的前哨；诗人深爱着自己的家乡和亲人，那里的山山水水，一草一木，那里的父老乡亲、兄弟姊妹，无不牵动着诗人的情肠。对家乡和亲人的深爱之情更加激发和深化了诗人的革命热情和战斗精神，为此诗人愿献出自己的青春和生命。这首诗是诗人写给自己的，也是写给所有热爱家乡和亲人、跋涉在革命征程上的革命者的。

我决不……

　　任凭黑暗的势力压得我驼背弯腰，
　　任凭魔爪掐住了我的咽喉；

但是，我决不屈服——决不！

决不用哀求的声音要求还给我——

属于我的——

一生只有一次的——生命；

决不伸出颤抖的双手向偶像求饶。

我憎恨那些把头埋在敌人脚下的懦夫，

我憎恨那些把光明送给黑暗的叛徒，

我憎恨那些跪拜在偶像面前哭泣的人……

我要揭发——

那独裁者龌龊的灵魂，

那鲜血淋漓的屠刀，

那绞杀真理和幸福的绳索……

敌人砍去了我的头颅——人民会还给我，

敌人砍倒了革命的旗帜——人民会将它重

新撑起，

敌人将我推向倒塌的死亡的大门，

敌人把我的头悬挂高竿——去告诫人民……

但是，我决不屈服——决不！

我要用我整个的精神歌唱，

我要用我纯洁的心拨响琴弦，

我要用我的血化成复仇的巨流，

冲垮敌人的宫廷，

冲垮魔王摇摇欲坠的宝座，

冲！

冲！

冲！

赏析

　　这首诗写于1943年诗人在新疆日报社工作期间，是诗人创作的许多革命诗歌中较为著名的一首。诗中采用反复和排比的手法，表达了诗人坚贞不屈的革命意志和誓死推翻反动统治的决心。面对着独裁者的屠刀，诗人表示决不畏惧和屈服，他憎恨那些贪生怕死的懦夫和叛徒，自己即便是被敌人砍掉头颅，也要用鲜血化成复仇的巨流，冲垮敌人的宫殿。读罢此诗，一个无所畏惧的革命热血男儿形象跃然纸上，令人感动不已。

车耀先

（1894—1946）

· 作者简介 ·

　　四川大邑人。1921年加入川军，1927年离开。1929年加入中国共产党。曾任中共川西特委军委委员，创办《大声周刊》《改进》等，在成都领导抗日救亡运动。1940年被国民党反动派逮捕，1946年被秘密杀害。

自誓诗

一

幼年仗剑怀佛心①，

放下屠刀②求真神；

读破新旧约千遍，

宗教不过欺愚民。

二

投身元元③无限中，

方晓世界可大同，

怒涛洗净千年迹，

江山从此属万众。

三

不劳而食最可耻，

活己无能焉活人，

欲树真理先辟伪④，

辟伪方显理有真。

四

喜见东方瑞气升，

不问收获问耕耘，

愿以我血献后土⑤，

换得神州永太平。

注释

①佛心：救世之心。

②放下屠刀：这里指退出旧军队。

③元元：百姓，人民群众。

④辟（pì）伪：批驳谬论邪说。

⑤后土：大地。

赏析

　　作者忧心国家破败、民不聊生，探求救国救民真理。起初，他认为基督教可以救世，后来发现宗教不过是愚民的工具；在思想迷茫之时，他接触到了马克思主义理论，经过深入研究，坚信只有马克思主义才能救国救民，于是毅然加入中国共产党，投身于共产党领导的中国革命。这四首作于1929年左右的自誓诗就艺术地记录了作者的思想发展历程。

　　第一首写自己早年"仗剑"从军，就怀抱着拯救世人的"佛心"，后来认识到旧军队的反动腐败，退出后便转而追求能够救国救民的"真神"，他曾经以为基督教可以救世，但最终却发现那不过是愚民的工具。

　　第二首写自己投身于人民群众的革命斗争中，才认识到人民群众具有改天换地、实现世界大同的伟大力量，他坚信未来的江山必然是人民做主，焕然一新。

　　第三首写自己认识到剥削阶级不劳而食，最为可耻，他们腐朽无能，不是他们养活了人民，恰恰相反，是他们全靠剥削人民而生活。这才是人间的真理，其他的说法都是谬论邪说。

　　第四首是作者入党后所作。这首写自己认识到只有中国共产党及其领导的工农阶级才是中国真正的希望和未来。诗中表现了作者面对革命事业蒸蒸日上而产生的喜悦之情，因此他决心不问收获，一心耕耘，甘愿奉献自己，并且发誓愿洒热血，来换取神州大地的永久太平。

叶挺

（1896—1946）

- 作者简介 -

　　中国无产阶级革命家、军事家，中国人民解放军创建人和新四军领导人。

原名为询，字希夷，广东归善（今惠阳）人。1924年赴苏联莫斯科东方大学和红军学校中国班学习。同年10月加入中国社会主义青年团，12月转为中国共产党党员。1925年9月回国，任国民革命军第四军参谋处处长，参加第二次东征。不久参与组建以共产党员为骨干的第四军独立团，任团长。北伐战争中，率独立团在湖北汀泗桥、贺胜桥战役中击溃军阀吴佩孚主力，为第四军赢得"铁军"称号起了重要作用，被誉为"北伐名将"。1927年参加领导南昌起义和广州起义。起义失败后出国，流亡欧洲。抗日战争全面爆发后，参与组建新四军，任军长。1940年冬任华中新四军八路军总指挥部总指挥。1941年皖南事变中被国民党军扣押，遭监禁。抗日战争胜利后，经中共中央营救，于1946年3月获释出狱。同年4月由重庆乘飞机去延安途中遇难。

囚歌

为人进出的门紧锁着，
为狗爬出的洞敞开着，
一个声音高叫着——
爬出来吧，给你自由！

我渴望自由，
但我深深地知道——
人的身躯怎能从狗洞子里爬出！

我希望有一天
地下的烈火，
将我连这活棺材①一齐烧掉，
我应该在烈火与热血中得到永生！

注释

①活棺材：指关押叶挺的监狱。

赏析

这首慷慨悲壮、动人心魄的著名诗篇是作者在重庆渣滓洞监狱中写成的。作者身陷牢狱，十分渴望自由，而敌人也不断地以给予自由来诱惑作者变节投降，但作

者明确表示了自己对争取真正自由的看法：真正的自由要靠坚贞不屈的斗争来获取，
而绝不能卑贱如狗那样，去乞求敌人的赏赐。诗中用了几个形象的比喻，把屈服叛
变形容为从敞开的狗洞爬出，把监狱比作活棺材，而将革命斗争比作烈火，显得生
动感人。这首诗虽不长，但艺术特色鲜明，如它的结构脉络清晰，起承转合浑然一
体，语言质朴生动，情感炽烈，气势磅礴，这些都可圈可点，令人称道。

罗世文
（1904—1946）

作者简介

四川威远人。1925 年加入中国共产党。曾任中共四川省委书记等职。
1940 年被国民党反动派逮捕，1946 年被害。

无题

慈母千行泪，
顽儿百战身。
可怜今夜月，
两处各凄清。

赏析

这首诗作于 1944 年中秋之夜。中秋佳节，明月在天，正是家人团聚之时，而
作者却身系牢狱，遥思慈母。想到慈母此刻一定也在思念自己，母子分离，各自凄
清，对月相思，岂能不令人伤感？革命者别亲抛家，并非无情，只是因为心怀拯救
天下苍生之大爱，而忍痛割舍个人幸福罢了，其实内心深处又何曾忘掉对亲人的那
份眷念之情呢？

诗一首

故国山河壮，
群情尽望春；

"英雄"①夸统一，
后笑是何人？

注释

① "英雄"：指热衷于打内战的蒋介石。

赏析

这是作者临难前在白公馆监狱中朗诵的一首诗。诗的前两句脱胎于杜甫的诗句"国破山河在，城春草木深"，但境界与格调已与杜诗截然不同，在作者笔下，祖国山河一片壮丽，人民群众都在热切盼望着解放的春天，而那个所谓的"英雄"曾夸口要统一全国，但最后胜利而放声大笑的到底是谁呢？短短四句，仅仅二十字，既有对革命胜利的充足信心，也有对独夫民贼的无情嘲讽。

李兆麟

（1910—1946）

作者简介

东北抗日联军创建人和领导人。原名超兰，又名张寿篯，辽宁辽阳人。九一八事变后，到北平（今北京）参加抗日民众救国会，进行抗日救亡活动。后回家乡组织抗日义勇军。1930年底加入中国共产主义青年团，1931年转为中国共产党党员。曾任东北反日游击队哈东支队政治委员、东北抗日联军第六军政治部主任、东北抗日联军第三路军总指挥、东北抗联教导旅政治副旅长、松江军区副政治委员等职。1946年3月9日在哈尔滨被国民党特务暗杀。

露营之歌

一

铁岭绝岩，林木丛生，
暴雨狂风，荒原水畔战马鸣。
围火齐团结，普照满天红。
同志们，锐志哪怕松江晚浪生！
起来哟，果敢冲锋！

逐日寇，复东北，天破晓，光华万丈涌！

二

浓荫蔽天，野雾弥漫，

湿云低暗，足溃汗滴气喘难。

烟火冲空起，蚊吮血透衫。

兄弟们，镜泊瀑泉唤起午梦酣。

携手吧！共赴国难，

振长缨，缚强奴，山河变，万里息烽烟。

三

荒田遍野，白露横天，

野火熊熊，敌垒频惊马不前。

草枯金风疾，霜沾火不燃。

战士们，热忱踏破兴安万重山。

奋斗呀！重任在肩，

突封锁，破重围，曙光至，黑暗一扫完。

四

朔风怒吼，大雪飞扬，

征马踟蹰，冷气侵人夜难眠。

火烤胸前暖，风吹背后寒，

壮士们，精诚奋发横扫嫩江原！

伟志兮！何能消减，

全民族，各阶级，团结起，夺回我河山。

赏析

　　这首《露营之歌》创作于东北抗日联军进军作战的间隙，表现了抗联战士真实的战斗生活，抒发了驱逐日寇、收复河山的战斗豪情，对鼓舞士气、振奋军心起到了很大作用。这首诗歌具有很强的音乐节奏感，它是一曲铿锵激昂、催人奋进的军歌，充分表现了抗联战士坚忍顽强的斗志和乐观豪迈的革命英雄气概。这首诗歌也具有很强的画面感，它像是四幅真切动人的写实油画，把东北山野丛林特有的恶劣自然环境和抗联战士坚毅的神色生动逼真地呈现在读者面前，使人们仿佛身临其境，去感受和体验抗日联军艰苦卓绝的战斗生活。读这首诗歌，人们不仅会被抗联战士坚强的革命精神所深深感动，也会被诗歌独特的艺术魅力所感染。

闻一多
（1899—1946）

—— 作者简介 ——

　　中国诗人、学者。本名家骅，湖北蕲水（今浠水）人。曾留学美国，学美术、文学。早年参加新月社，先后在青岛大学、清华大学等校任教。著有诗集《红烛》《死水》，表现了对祖国深挚的感情和对黑暗现实的憎恶和抗议。在形式上主张格律化，讲求"节的匀称、句的均齐"，追求"音乐美、绘画美、建筑美"，诗风秾丽深沉，结构整饬谨严。后主要从事学术研究，在《周易》《诗经》《庄子》《楚辞》的研究中取得相当成就。1943 年后积极参加民主运动。抗日战争胜利后，投身反对内战的民主运动，1946 年 7 月 15 日在昆明被国民党特务暗杀。

一句话

有一句话说出就是祸，
有一句话能点得着火。
别看五千年没有说破，
你猜得透火山的缄默？
说不定是突然着了魔，
突然青天里一个霹雳
爆一声：
"咱们的中国！"

这话教我今天怎么说？
你不信铁树开花也可，
那么有一句话你听着：
等火山忍不住了缄默，
不要发抖，伸舌头，顿脚，
等到青天里一个霹雳

爆一声：

"咱们的中国！"

　　这首诗的题目是"一句话"，但这是一句什么话呢？作者在诗的开头却并不明说，而是运用许多隐喻手法来含蓄地加以描述和暗示，这就造成了一个非常强烈的悬念，紧紧地抓住了读者的心。这句话确实非同寻常，它一旦说出来就是"祸"，而且还能点着"火"；它像火山一样缄默了五千年，而一旦"说破"，就会像晴天霹雳，震撼人心。诗人在做了以上的铺垫后，最终才爆出"咱们的中国"这句话。由此也就引发读者这样的思索：为什么这句话有这么大的威力呢？这句话到底隐含着什么意蕴呢？只要稍加思考，就不难领悟到，所谓"咱们的中国"，也就是咱们——诗人及一切爱国的人们——当家做主的中国，这样的中国，也就是诗人所热烈追求的人民的中国，民主的中国。而在当时反动军阀黑暗统治下的中国，这句话会引发人民奋起争取自由解放的民主革命，自然就会招致反动统治者的镇压。

　　既然"咱们的中国"这句话蕴含着如此重大而深刻的意味，对世世代代已习惯于当牛做马的许多人来说，自然就如听到晴天霹雳，难免震惊、错愕而心怀疑虑，不敢相信。所以诗的第二节，作者就针对这种普遍存在的疑虑心理来抒写。诗人用"铁树开花"来比喻"咱们的中国"虽然来之不易，但终将成为事实，并预料到一旦到了铁树开花、火山喷发之时，不信者必然会惊慌失措，从而进一步衬托出"咱们的中国"终将成为现实的必然性和突发性，也更加强化了"一句话"的力度。这也表明了诗人对人民必将奋起改天换地的坚信不疑和殷切期待。诗的最后，诗人又以盛赞的口吻爆一声"咱们的中国！"，就强烈表达出对理想中的民主中国的热烈向往和追求。

　　这首诗语言平易自然，形式整齐匀称，颇具节奏感和音乐美。诗中运用隐喻、夸张手法，使得诗句既十分含蓄，又很形象化；而反复手法的运用，不仅突出了主题，更使全诗情感高涨，动人心魄。

太阳吟

太阳啊，刺得我心痛的太阳！
又逼走了游子的一出还乡梦，
又加他十二个时辰的九曲回肠！

太阳啊，火一样烧着的太阳！
烘干了小草尖头的露水，
可烘得干游子的冷泪盈眶？

太阳啊，六龙骖驾的太阳！
省得我受这一天天的缓刑，
就把五年当一天跑完那又何妨？

太阳啊——神速的金乌——太阳！
让我骑着你每日绕行地球一周，
也便能天天望见一次家乡！

太阳啊，楼角新升的太阳！
不是刚从我们东方来的吗？
我的家乡此刻可都依然无恙？

太阳啊，我家乡来的太阳！
北京城里的官柳裹上一身秋了罢？
唉！我也憔悴得同深秋一样！

太阳啊，奔波不息的太阳！
你也好像无家可归似的呢。
啊！你我的身世一样地不堪设想！

太阳啊，自强不息的太阳！
大宇宙许就是你的家乡罢。
可能指示我，我的家乡的方向？

太阳啊，这不像我的山川，太阳！
这里的风云另带一般颜色，
这里鸟儿唱的调子格外凄凉。

太阳啊，生命之火的太阳！
但是谁不知你是球东半的情热，

同时又是球西半的智光？

太阳啊，也是我家乡的太阳！
此刻我回不了我往日的家乡，
便认你为家乡，也还得失相偿。

太阳啊，慈光普照的太阳！
往后我看见你时，就当回家一次，
我的家乡不在地下乃在天上！

赏析

　　这首诗创作于诗人留学美国期间。远涉重洋，置身海外，日久天长，诗人怀乡思国之情日益浓烈，情满心怀，需要有所寄托和抒发。终于，诗人对着空中的太阳，禁不住将满腔的深情喷涌而出，成就了这一首奇丽浪漫的著名爱国诗篇。

　　全诗共有十二节，可分三层，每层四节。第一层从清晨第一眼看见太阳写起，叙说太阳逼走了游子的思乡梦，而且跑得太慢，给游子带来了更为长久难熬的思念和痛苦，诗人盼望能骑上太阳绕行地球去看望自己的家乡。第二层诗人向太阳询问家乡的情况，希望太阳能给无家可归的诗人指示家乡的方向。第三层诗人想到东西半球虽然不同，但太阳却能普照东西方，诗人看见太阳，也就等于回了家乡。整首诗神思飞扬，诗人把浪漫主义奇特瑰丽的想象和现实的爱国主义情怀相结合，把朴实无华的语言和自然流畅的韵律相结合，抒情深沉而又低吟回荡，具有十分感人的力量。

　　特别值得指出的是，诗人身处异国他乡，没有迷恋、陶醉于资本主义社会所谓的"物质文明"，在诗人的眼中，"这里的风云另带一般颜色，这里的鸟儿唱的调子格外凄凉"，由此反而更加深了对祖国日思夜想、难以割舍的无限深情，这就格外令人感动。

静夜

这灯光，这灯光漂白了的四壁；
这贤良的桌椅，朋友似的亲密；
这古书的纸香一阵阵地袭来；
要好的茶杯贞女一般的洁白；

受哺的小儿唼呷^①在母亲怀里，
鼾声报道我大儿康健的消息……
这神秘的静夜，这浑圆^②的和平，
我喉咙里颤动着感谢的歌声。
但是歌声马上又变成了诅咒，
静夜！我不能，不能受你的贿赂。
谁希罕你这墙内尺方的和平！
我的世界还有更辽阔的边境。
这四墙既隔不断战争的喧嚣，
你有什么方法禁止我的心跳？
最好是让这口里塞满了沙泥，
如其他只会唱着个人的休戚^③，
最好是让这头颅给田鼠掘洞，
让这一团血肉也去喂着尸虫。
如果只是为了一杯酒，一本诗，
静夜里钟摆摇来的一片闲适，
就听不见了你们四邻的呻吟，
看不见寡妇孤儿抖颤的身影，
战壕里的痉挛^④，疯人咬着病榻，
和各种惨剧在生活的磨子下。
幸福！我如今不能受你的私贿，
我的世界不在这尺方的墙内。
听！又是一阵炮声，死神在咆哮。
静夜！你如何能禁止我的心跳？

注释

①呷（xiā）：喝。
②浑圆：很圆。此处为圆满之意。
③休戚：欢乐和忧愁。
④痉挛（jìngluán）：肌肉紧张，不自主地收缩。

赏析

诗人身居书斋，精神世界却是辽阔的，他没有陶醉在个人安逸的生活里，而是

心系祖国的苦难和人民的不幸，这首诗就是诗人忧国忧民之心的真实写照。

这首诗首先紧扣题目，对"静夜"里自己宁静温馨的书斋和妻儿舒适自得的状态展开具体生动的描述，突出表现了全家生活的安定无忧、幸福美满。个人生活达到如此"浑圆"的境界，确实应该很知足很珍惜了，所以诗人也禁不住"喉咙里颤动着感谢的歌声"。然而，诗人心中并非只装着"个人的休戚"，他的世界不在这尺方的墙内，他想到更多的是书斋外的广阔天地，那里还有战争的喧嚣，还有无数受苦受难的人民。一想到这些，诗人"感谢的歌声"就不由得陡转为悲愤的"诅咒"，对只关心个人生活的那种庸俗之辈发出强烈谴责。诗人极为愤慨地写道：如果"只会唱着个人的休戚"，就不如死去，让嘴里塞上沙泥，最好让田鼠在头颅上掘洞。想到祖国的苦难和人民的不幸，静夜里的诗人抑制不住激烈的心跳，唱出了这首感人肺腑的乐章。

这首诗着力写内心的感受，具有强烈的抒情气氛，塑造了抒情主人公的鲜明形象。全诗采用对比手法，将静夜书斋的宁静与墙外战争的喧嚣、个人生活的安逸与广大人民的痛苦不幸加以鲜明对比，产生了激奋人心的艺术效果。诗人还善于描述形象，渲染气氛，如对静夜书斋的描述、渲染就极为出色。全诗写得自然流畅，不假雕饰，诗的韵律节奏比较规整，每行字数也大致相等，读起来跌宕起伏，如行云流水。

死水

这是一沟绝望的死水，
清风吹不起半点漪沦①。
不如多扔些破铜烂铁；
爽性②泼你的剩菜残羹。

也许铜的要绿成翡翠，
铁罐上锈出几瓣桃花；
再让油腻织一层罗绮③，
霉菌给他蒸出些云霞。

让死水酵成一沟绿酒，
漂满了珍珠似的白沫；
小珠们笑声变成大珠，
又被偷酒的花蚊咬破。

那么一沟绝望的死水，

也就夸得上几分鲜明。

如果青蛙耐不住寂寞，

又算死水叫出了歌声。

这是一沟绝望的死水，

这里断不是美的所在，

不如让给丑恶来开垦，

看他造出个什么世界。

注释

①漪沦：指微波。

②爽性：索性，干脆。

③罗绮：质地轻且有花纹的丝织品。

赏析

目睹封建军阀统治下社会黑暗、民生凋敝的悲惨现状，诗人心中极度悲愤和绝望，激情难抑之下，创作了这首诗。

诗人笔下的"死水"，就是黑暗腐败的旧中国社会的象征。诗中充满了对旧社会的满腔憎恨和尖锐嘲讽，对这个社会上一切丑恶的事物进行了辛辣的讽刺。诗中把这个黑暗的社会比作一沟绝望的死水，只有害人的蚊蝇和霉菌在不断滋生繁殖，没有一点生气，唯一的歌声是耐不住寂寞的青蛙的叫声。在诗人看来，这个黑暗社会已经毫无希望，不可挽救，只能任它走向彻底灭亡，腐败发臭。诗人对旧中国的抨击批判极为生动有力，对我们认识那个时代的黑暗和腐朽很有帮助，但诗人同时也流露出对黑暗现实无可奈何的悲观消极情绪，这是诗人思想的局限。

这首诗具有很高的艺术性，这不仅因为诗人善于巧用象征手法，还因为诗的语言形象生动，并采用了艺术的对比，如铜锈与翡翠、铁锈与桃花、油腻与罗绮、霉菌与云霞等，都是用一些丑恶的事物来和美好的事物相对比，显得十分新奇，给人以深刻印象。这首诗的形式和韵律也别具一格，特别值得注意。诗人曾受唯美派诗歌的影响，主张诗歌不但要有音乐美，而且要有绘画美和建筑美，亦即不仅要讲求韵律和谐、节奏铿锵，还要求辞藻华丽和诗节匀称、句式整齐。这首《死水》的创作就成功实践了他的诗歌主张。

续范亭

（1893—1947）

· 作者简介 ·

　　山西新军和晋绥抗日根据地领导人。原名培模，山西定襄人。中国同盟会会员。1913 年入保定军校学习。曾任国民联军军事政治学校校长、陕西绥靖公署驻甘肃行署参谋长等职。1935 年因痛恨国民党政府投降卖国政策，在南京中山陵剖腹明志，震动全国。遇救后逐步接受中共抗日救国主张，回山西推动抗日救亡运动。1939 年晋西事变时，率部反击国民党顽固派军队的进攻。后任山西新军总指挥兼暂编第一师师长、晋西北边区行署主任兼晋西北军区副司令员、晋绥边区行署主任兼晋绥军区副司令员。1947 年 9 月 12 日在山西病逝。中共中央根据其生前志愿，追认他为中共正式党员。

哭陵

赤膊条条任去留，
丈夫于世何所求？
窃恐民气摧残尽，
愿把身躯易自由。

赏析

　　1935 年，日本侵占中国东北后，又觊觎华北，国家处于危急之中。续范亭忧心如焚，赶赴南京呼吁抗日却不被政府重视。极度悲愤之下，他到中山陵前痛哭，并在陵前剖腹自杀，希望以此警醒国人，激发民气，使全国同胞精诚团结，奋起抗战。诗中表明自己并不看重肉体的生死去留，而是抱着舍生取义、杀身成仁的人生态度，因为担忧民气被国民党当局的消极态度摧残殆尽，自己甘愿用身躯换来民众抗日的自由。其爱国用心之良苦，报国举动之壮烈，可谓惊天地，泣鬼神！

绝命诗

灭却虚荣气，
斩删儿女情。

涤除尘垢洁，
为世作牺牲。

赏析

这是作者在哭陵后准备剖腹自杀时所作。诗中斩钉截铁地表示自己要灭除虚荣气息，也要狠心斩断儿女之情，他要涤除身上的世间尘垢，以清白高洁之人格"为世作牺牲"。作者精神之超拔，态度之决绝，可敬可叹。

李贯慈
（1909—1947）

作者简介

河南沁阳人。早年在山西配合八路军开展抗日救亡运动，后到晋察冀边区，曾任阳曲县委书记、平西专区专员、冀东行署秘书长等职。1947 年因积劳成疾病逝。

哭辽东

哭罢江山无泪流，
亡国惨祸已临头！
恨尔民贼方得意，
哀此匹夫能不羞？
复我片土可百世，
杀敌一毛足千秋！
男儿一副好身手，
拼将热血洒神州。

赏析

1931 年 9 月 23 日，作者得知日寇侵占辽宁沈阳，愤极而作此诗。诗一开头就痛哭江山沦陷、国家将亡，转而痛恨卖国投降的"民贼"，为不能尽挽救国家的匹夫之责而羞愧。因而作者高声号召努力杀敌，光复国土，指出个人能为此而建立微小功勋，也足以流芳千秋百世。最后作者宣誓好男儿就该大显身手，杀敌救国，血洒神州。此诗感情丰富而强烈，很富有鼓动性和感染力。

高波

（？—1948）

━━━━━━━ 作者简介 ━━━━━━━

　　籍贯不明。中国共产党党员。解放战争时期担任解放军新十一旅一团政治委员。1947年在陕北被国民党反动派逮捕，押送至兰州集中营。1948年底被押至南京，在雨花台被害。

狱中诗

本为民除害，
那怕狼与狗。
身既入囹圄①，
当歌汉苏武。

注释

①囹圄（língyǔ）：监狱。

赏析

　　这首小诗虽然只有寥寥二十字，文字也很质朴，却铿锵有力，动人心魄。前两句作者昂然表示，自己革命的目的就是要打倒反动派，为民除害，因而无所畏惧。作者把反动派比作狼、狗，以表憎恶和蔑视。后两句作者坦然而豪迈地表示，自己既然已经身陷囹圄，不能在战场上与敌人战斗，那就要像苏武那样不怕威逼，不受利诱，在狱中与敌人斗争到底。作者英勇无畏、坚贞不屈的革命精神十分感人。

杨虎城

（1893—1949）

作者简介

　　陕西蒲城人。中国国民党爱国将领。参加过辛亥革命和护国、护法运动，曾任陕西陆军营长、靖国军第三路司令。1924 年任国民军前敌总指挥，开始与共产党合作。1927 年后任国民党第十七路军总指挥、陕西省政府主席、西安绥靖公署主任等职。1936 年和张学良一起发动西安事变，逼蒋介石联共抗日。后被蒋介石逼令辞职出国。抗战全面爆发后回国，被蒋介石长期监禁。1949 年 9 月 17 日重庆解放前夕遭杀害。

诗一首

西北大风起，
东南战血多。
风吹铁马①动，
还我旧山河。

注释

①铁马：披着铠甲的战马。

赏析

　　这首小诗虽然简短，却充满慷慨豪迈之气，把一个爱国将军欲驰骋疆场、忠心报国的壮美情怀展现得淋漓尽致。"西北大风起，东南战血多"，诗一开端，就赫然突出了整个神州大地风云汹涌、战火不断的动荡景象，显示了作者心系天下、忧国伤时的宽广胸怀和高尚品格。作者身为陕西人，多年来亲身经历了大西北的风云变幻，至今局势仍未安定，而祖国的东南也是连年军阀混战，不知何时休，这怎能不让人忧心忡忡？深重的忧患感和崇高的责任感交织充溢在作者心间，促使他发出了这样气势磅礴的救国誓言："风吹铁马动，还我旧山河。"这是一个热血军人的战斗呐喊，也是一个爱国赤子的忠心写照。

刘振美
（1916—1949）

· 作者简介 ·

四川纳溪人。文化工作者。自幼热爱文学艺术，曾在清华大学旁听，参加过一二·九学生运动。1947年被捕。1949年重庆解放前夕惨遭杀害。

无题

凤尾从来逞艳姿，
巴山夜雨①梦回迟。
史家高秉董狐笔②，
诸子③低吟鲁迅诗。
初稼新逢六月雪，
厄杨④仍发一年枝。
余生入狱何足畏，
且看中天日影移。

注释

①巴山夜雨：出自李商隐《夜雨寄北》中的诗句"巴山夜雨涨秋池"，指客居他乡又逢夜雨连绵的孤寂情景。

②董狐笔：董狐是春秋时晋国的史官，他记录历史，尊重史实，秉笔直书，不畏强权，为后人称颂。

③诸子：这里指作者和狱友们。

④厄杨：处于恶劣环境中的杨树。厄，困厄。

赏析

因为从事进步文化宣传工作，作者不幸被捕而囚于异乡牢狱。这首诗就是作者在狱中所作的。诗的头两句以凤鸟喜欢逞姿斗艳来反衬狱中生活的黑暗孤寂；三、四句引用董狐不畏强权、秉笔直书的典故，衬托自己和狱友们在狱中低吟鲁迅诗的坚贞不屈；五、六句以"初稼"和"厄杨"做对比，初生的庄稼突遭六月寒雪，几乎就是灭顶之灾，而处于恶劣环境中的杨树却依旧顽强地发出新枝，显然作者是以

"厄杨"自比，来表达坚忍顽强的革命斗志；诗的最后两句进一步明确表达自己坚强不屈、对未来满怀信心的革命精神：被关进了监狱，有什么可怕的呢？且看着天上的太阳耐心等待，改天换日的一天终会到来。

作者表现自己坚定的革命信念，不仅善于运用典故，更善于运用对比和衬托的手法，使得诗意丰盈而含蓄，给人以广阔的想象空间。

陈然
（1923—1949）

━━━━ 作者简介 ━━━━

河北大名人。1939 年加入中国共产党。1947 年任《挺进报》中共特支书记。1948 年 4 月被捕，1949 年 10 月被杀害。

我的"自白"书

任脚下响着沉重的铁镣，
任你把皮鞭举得高高，
我不需要什么"自白"，
哪怕胸口对着带血的刺刀！

人，不能低下高贵的头，
只有怕死鬼才乞求"自由"；
毒刑拷打算得了什么？
死亡也无法叫我开口！

对着死亡我放声大笑，
魔鬼的宫殿在笑声中动摇；
这就是我——一个共产党员的"自白"，
高唱凯歌埋葬蒋家王朝。

赏析

作者被捕后，受尽酷刑，但始终不屈。敌人逼迫他写自白书，他严词拒绝，以此诗作答。作者首先严正而高傲地指出，铁镣和皮鞭算得了什么，即便"胸口对着带血的刺刀"，也不能让"我"写出你们所谓的"自白"。然后作者昂然宣示，"人，不能低下高贵的头"，不要说毒刑拷打，即便"死亡也无法叫我开口"。最后，作者面对死亡，甚至"放声大笑"，魔鬼的宫殿也因为"我"的笑声而动摇。作者高声宣布，这就是一个共产党员的"自白"，"高唱凯歌埋葬蒋家王朝"。

作者在敌人的逼迫下宁死不屈，表现了一个革命者大无畏的英雄气概和高尚的心灵。全诗只有十二行，感情炽烈，形象鲜明，都是发自作者肺腑的直接表白，读来十分感人。

这是一首用生命写成的诗篇，与叶挺的《囚歌》有异曲同工之妙，两首诗堪称烈士诗歌中的双璧。

何敬平

（1918—1949）

━━━━━ ❖ 作者简介 ❖ ━━━━━

重庆巴南人。中国共产党党员。曾在重庆电力公司工作。1948年被捕，坚贞不屈，1949年重庆解放前夕牺牲。

把牢底坐穿

为了免除下一代的苦难，
我们愿——
愿把这牢底坐穿！
我们是天生的叛逆者，
我们要把这颠倒的乾坤扭转！
我们要把这不合理的一切打翻！
今天，我们坐牢了，

坐牢又有什么稀罕?
为了免除下一代的苦难,
我们愿——
愿把这牢底坐穿!

赏析

这首诗是 1948 年夏天作者被捕后不久创作的,当年在渣滓洞监狱中广为传诵,极大地鼓舞了狱中难友的斗志。

这首诗不长,在这不长的篇幅里,作者却以"为了免除下一代的苦难,我们愿——愿把这牢底坐穿"来开头和结尾,但这不仅不让人觉得重复累赘,反而更深地感受到了革命者的坚毅和自信、责任与担当,让人仿佛看到革命者气势磅礴、壮怀激烈的高大形象,令人无比感动和振奋。虽然作者最终牺牲了,但很快重庆就得到了解放,反动派的监牢被打碎了,下一代的苦难彻底免除了!作者的愿望没有落空,作者的革命信念终于得到实现。

我是江河

我只是细小的溪流,
我只有轻轻的涟漪,
微弱的漩涡。

我将是汹涌的江河,
我要用原始的野性
激荡、澎湃!
我要淹没防堵的堤坝,
我要冲毁阻碍的山岳!
我决不让我的生命窒息,
我渴望海……

我不只是细小的溪流,
我不只有轻轻的涟漪,
微弱的漩涡。

我是江河！
我是江河！

赏析

　　细小的溪流是弱小的，但一旦汇入汹涌澎湃的江河和浩瀚的大海，就拥有了冲毁一切堤坝和山岳的无穷力量，就得以永生。一个人只有汇入伟大的革命洪流，献身于人类的解放事业，才能获得推翻反动统治的无穷力量，自己的生命也才能获得永恒的价值。作者以形象化的诗句阐明了这一朴素的人间真理，表现了要将自己有限的个体生命投入到无比伟大的革命事业中的迫切心情。

蓝蒂裕

（1916—1949）

作者简介

　　重庆梁平人。中国共产党党员。1948年冬被捕，1949年10月与陈然同志等一起牺牲于重庆。

示儿

你——耕荒，
我亲爱的孩子；
从荒沙中来，
到荒沙中去。

今夜，
我要与你永别了。
满街狼犬，
遍地荆棘，
给你什么遗嘱呢？
我的孩子！

今后——
愿你用变秋天为春天的精神，
把祖国的荒沙，
耕种成为美丽的园林！

赏析

这首诗是烈士临刑前拜托难友转交给自己孩子的遗嘱。烈士给他的孩子起了一个意味深长的名字——耕荒。这名字既是烈士对自己革命工作形象化的表达，也寄寓着对孩子殷切的期望。是的，耕荒，耕荒，革命者生当此世，就是要奋力耕荒。父亲是在耕荒，在"满街狼犬"的世道去犁除"遍地荆棘"。而今，父亲生命即将走向终点，留给孩子最后的叮嘱还是耕荒，期盼孩子"用变秋天为春天的精神"，把满是荒沙的祖国，"耕种成为美丽的园林！"这就是一个革命烈士留给孩子最终的遗嘱，饱含着他对祖国的无限眷恋和深深祝福。这首诗写得清新优雅，生动形象，很有诗意，显示了烈士纯真美好的情怀。

宋绮云

（1904—1949）

作者简介

江苏人。1926年入黄埔分校学习，后加入中国共产党。积极宣传抗日民族统一战线政策。1941年被捕，关押在重庆。1949年重庆解放前夕被秘密杀害。

歌一首

青山葱葱①，
绿水泱泱②。
今日之别，
敢云忧伤？
日之升矣！
其将痛饮于东山之上！！

赏析

这首诗是作者 1947 年送友人出狱时所作。诗一开端就描绘出一幅青山绿水的美好景色，寄寓了对友人美好前景的祝福，甚至还含有对自己明日也必将获得自由的期待。所以，作者不无乐观地抚慰友人："今日之别，敢云忧伤？"最后作者满怀期望地放声高歌："日之升矣！其将痛饮于东山之上！！"一下子将送别的情感推向高潮，给友人也给自己以很大的精神鼓舞。这首诗，主体以古朴典雅的四言写成，最后以一个九言长句结尾，显得整饬而又舒展，十分适合感情表达的需要。

余文涵
（1918—1949）

作者简介

四川长宁人。1938 年加入中国共产党。1942 年任达县中心县委书记。1949 年被捕，同年被国民党反动派杀害。

铁窗明月有感

铁窗明月恨悠悠，
无限苍生无限仇。
个人生死何足论，
岂能遗恨在千秋！

赏析

这首诗是作者在狱中有感而作的。夜晚降临，作者在铁窗之内，仰望着窗外的明月，心中涌起了对反动派的无限仇恨。这仇恨并不仅仅是因为自己深受反动派的残害，更是因为无数的人民群众也深受其压迫和摧残，而自己正是为了人民大众的解放而革命，也因此而被捕入狱。想到被压迫的广大人民群众，想到伟大的革命事业，自己个人的生死安危就显得微不足道了。当下自己应该做的就是坚持斗争，坚守革命气节，对得起历史和未来，绝不能留下千秋遗恨。

作者身陷囹圄，却毫不顾及个人的生死，而依然心怀苍生，坚持斗争，其革命意志之坚定，革命品格之高尚，着实令人敬佩。

这首诗虽然很短，但很有感染力。作者很善于遣词造句，如开头写见月光而引发"悠悠"之恨，"悠悠"一词用得生动贴切。紧扣"悠悠"，第二句连用两个"无限"，大大深化了诗的感情，因而并不让人感到重复单调。后两句中的"何足""岂能"也用得十分恰当，使得诗句顿挫有力。

古承铄
（1920—1949）

━━━━━ • **作者简介** • ━━━━━

重庆南川人。中国共产党党员。诗人、音乐家，写过很多反对蒋介石反动统治的歌曲，被誉为"人民的歌手"。1948年5月被捕，后关押在重庆渣滓洞，1949年重庆解放前夕牺牲。

宣誓

在战斗的年代，我宣誓——
不怕风暴，
不怕骤雨的袭击！

一阵火，一阵雷，
一阵狂风，一阵呼号
炙热着我的心；
脑际涨满了温暖与激情。

我宣誓——
爱那些穷苦的、
流浪的、无家可归的、
衣单被薄的人民；

恨那些贪馋的、
骄横的、压榨人民的、
杀戮真理的强盗。

我宣誓——
我是真理的信徒，
我是正义的战士，
我要永远永远
为人类的自由幸福而战！

赏析

这首诗是作者在战斗年代的庄重宣誓，是作者充满激情的革命心声。作者宣誓不怕风暴骤雨，要在革命的烈火风雷中磨炼成长；作者宣誓要爱憎分明，爱那些穷苦人民，恨那些压榨人民的强盗；作者宣誓要做"真理的信徒""正义的战士"，"要永远永远为人类的自由幸福而战"。作者是这样说的，也是这样做的，他身陷牢狱，坚贞不屈，坚持斗争，最终以鲜血和生命践行了自己的誓言。

无题

假如山崩地裂，
假如天要垮下，
假如一动就会死，
假如有血才有花……
只要能打开牢笼，
让自由吹满天下，
我将勇敢上前，
毫不惧怕！

赏析

这首诗篇幅虽然短小，但感情十分激昂饱满，充分表现了作者为争取人民的自由和解放而不惜献身的伟大精神。诗中前四句连用排比句式，为后四句抒发作者无所畏惧的英雄豪情蓄足了气势，强化了诗歌的艺术感染力。

追求

有人追求黄金，
我追求良心；
有人追求女人，
我追求爱情①——
种下瓜儿便生瓜，
种下民主开遍自由花；
种出爱情爱天下，
天下人民也爱他。

注释

①爱情：这里指的是热爱祖国、热爱劳动人民的感情。

赏析

与世俗之人热衷于追求黄金和女人不同，作者内心最爱的是祖国和人民，他一心追求的是祖国的富强和民主、人民的自由和幸福，为此不惜献出自己的青春和生命。作者的追求也是共产党人的共同追求，这正是共产党人的伟大之处。也正因为此，共产党人赢得了广大人民的衷心爱戴。

许晓轩

（1916—1949）

———— **作者简介** ————

江苏无锡人。1938年加入中国共产党。担任过《青年生活》编辑、中共川东特委青委宣传部部长等。1940年被捕，在狱中坚持斗争，1949年被国民党反动派杀害。

吊许建业烈士

噩耗传来入禁宫①，

悲伤切齿众心同。
文山②大节垂青史，
叶挺孤忠有古风。
十次苦刑犹骂贼，
从容就义气如虹。
临危慷慨高歌日，
争睹英雄万巷空。

注释

①禁宫：牢狱。
②文山：文天祥，号文山。

赏析

这首诗是为悼念许建业烈士而作的。诗的头两句写烈士牺牲的噩耗传入牢狱，战友们为烈士而悲伤，更激起了对反动派的切齿仇恨。三、四句转而歌颂烈士献身革命的"大节"和"孤忠"堪比文天祥和叶挺。五、六句歌颂烈士不惧苦刑，坚贞不屈，从容就义，气贯长虹。结尾两句聚焦于烈士走上刑场的悲壮场面，突出表现了烈士慷慨高歌、万众敬仰的伟大精神。

这是一首悼诗，又何尝不是一首颂诗？作者满怀敬意颂扬烈士，是要以烈士为榜样，激励自己坚守革命大节，做一个坚贞不屈、视死如归的革命英雄。

蔡梦慰

（1924—1949）

作者简介

四川省遂宁人。新闻记者，诗人。1945 年加入民盟。曾在重庆和地下党同志们一起进行《挺进报》的秘密散发工作。1948 年被捕，在狱中坚持斗争，是狱中铁窗诗社成员之一。他用竹签蘸棉灰调制的"墨汁"，愤怒写下长诗《黑牢诗篇》。1949 年 11 月 27 日深夜，蔡梦慰在被押往刑场的途中将诗稿抛于路边荒草丛中，使珍贵的《黑牢诗篇》得以流传下来。

黑牢诗篇①

第一章
禁锢的世界

手掌般大的一块地坝，
箩筛般大的一块天；
二百多个不屈服的人，
锢禁在这高墙的小圈里面，
一把将军锁把世界分隔为两边。

空气呵，
日光呵，
水呵……
成为有限度的给予。
人，被当作牲畜，
长年地关在阴湿的小屋里。
长着脚呀，
眼前却没有路。

在风门边，
送走了迷惘的黄昏，
又守候着金色的黎明。
墙外的山顶黄了，又绿了，
多少岁月呵！
在盼望中一刻一刻地挨过。

墙，这么样高！
枪和刺刀构成密密的网。
可以把天上的飞鸟捉光么？
即使剪了翅膀，
鹰，曾在哪一瞬忘记过飞翔？
连一只麻雀的影子
从牛肋巴窗前掠过，

都禁不住要激起一阵心的跳跃。
生活被嵌在框子里，
今天便是无数个昨天的翻版。
灾难的预感呀，
像一朵乌云时刻地罩在头顶。
夜深了，
人已打着鼾声，
神经的末梢却在尖着耳朵放哨；
被呓语惊醒的眼前，
还留着一连串噩梦的幻影。

从什么年代起，
监牢呵，便成了反抗者的栈房！
在风雨的黑夜里，
旅客被逼宿在这一家黑店。
当昏黄的灯光
从帘子门缝中投射进来，
映成光和影相间的图案；
英雄的故事呵，
人与兽争的故事呵……
便在脸的圆圈里传叙。

每一个人，
每一段事迹，
都如神话里的一般美丽，
都是大时代乐章中的一个音节。
——自由呵，
——苦难呵……
是谁在用生命的指尖
弹奏着这两组颤音的琴弦？
鸡鸣早看天呀！
一曲终了，该是天晓的时光。

①全诗共五章，这里仅选录原书稿第一章。

赏析

这首诗真实细致地描写了黑牢囚徒们的那个"禁锢的世界"，在那里，"人，被当作牲畜"，常年忍受着身体上的摧残和精神上的折磨，但正如被剪掉翅膀的鹰永不会忘记飞翔，囚徒们也绝不会失去对自由的向往，因此"监牢呵，便成了反抗者的栈房！"他们每一个人，都在苦难中争取自由，都在书写着神话般美丽的斗争事迹，而且他们坚信黑夜终将沉没，曙光必将照临。作者笔下的"黑牢"确实令人厌恶和憎恨，而"黑牢"中囚徒——那些坚贞不屈的革命者——为争取自由而英勇斗争所谱写的壮丽诗篇，则更是令人感动和敬仰。

余祖胜

（1927—1949）

作者简介

江西湖口人。中国共产党党员。12岁左右即入兵工厂做童工，后半工半读。1947年加入中国共产党。1948年被捕，囚于重庆渣滓洞。在狱中多次遭受毒刑，但始终顽强不屈。1949年初，中国人民解放军胜利抵达长江北岸的消息传到狱中，余祖胜等人利用旧牙刷柄和竹片，刻制了100多个五角星和红心分送战友，迎接胜利。1949年，余祖胜于重庆解放前夕牺牲。

晒太阳

太阳倾泻在石头上，
温暖着我的身躯，
呵，这也触犯了吸血鬼的法律！
"哼！不讲羞耻！"
眼珠翻滚，
怒目瞪瞪。

在这人和兽混居的城堡里——
道德、法律、武力、金钱……
全是吃人的野兽!
春天,是强盗们的,
穷人永远生活在冬天里。
愤怒地站在石头上,
我要回答——
总有一天,我们将
站在这个城堡上,
高声宣布:
太阳是我们的!

赏析

这首诗是作者在狱中创作的。阴暗潮湿的牢狱严重摧残着人的身体,短暂放风时晒晒太阳就成了难得的享受,但连这也横遭呵斥,反动派连春天的阳光都要独霸,真是狠毒残忍,简直就是吃人的野兽!面对穷凶极恶的反动派,作者毫不畏惧,绝不退缩,他一跃而起,愤怒地站在石头上,严正回答:"总有一天,我们将站在这个城堡上,高声宣布:太阳是我们的!"这是多么英勇无畏的姿态,这是多么奋发昂扬的精神!这回答充满了对革命必将胜利的乐观和信心,这回答也敲响了反动派末日的丧钟,振奋人心。

明天

我伏在窗前,
让黑夜快点过去。
希望的梦呵——
总是做不完的。
黑夜里总有星光,
白天怎能叫太阳躲藏?
明天,是个幸福的日子,
明天是我的希望!

　　阴暗潮湿的牢狱，摧残着革命者的身体，却不能摧毁革命者的意志，更无法摧毁他们对未来的希望和信心。尽管身陷囹圄，黑夜漫漫，但作者"希望的梦"一直没有破灭，因为他深知"黑夜里总有星光，白天怎能叫太阳躲藏"，因此，他要满怀信心去迎接明天，因为"明天是我的希望！"富有诗意的话语显示了作者对革命必胜的坚定信念和革命的乐观主义精神。

白深富

（1917—1949）

作者简介

　　重庆璧山人。1939年加入中国共产党。长期宣传党的抗日方针和政策，组织各种党的外围组织。1948年被捕。1949年重庆解放前夕牺牲。

花

　　我爱花。
　　我爱洋溢着青春活力的花，
　　带着霜露迎接朝霞。

　　不怕严寒，不怕黑暗，
　　最美丽的花在漆黑的冬夜开放。

　　它是不怕风暴的啊，
　　风沙的北国，
　　盛开着美丽的矫健的百花。

　　我爱花。
　　我爱在苦难中成长的花，
　　即使花苞被摧残了，

但是更多的
更多的花在新生。

一朵花凋谢了，
但是更多的花将要开放，
因为它已变成下一代的种子。

花是永生的啊，
我爱花，
我爱倔强的战斗的花。

花是无所不在的，
肥沃的地方有花，
贫瘠的地方有花。
在以太①里，
有无线电波交织的美丽的花；
在一切的上面，
有我们理想的崇高的花。

我爱花，
我愿为祖国
开一朵绚丽的血红的花。

注释

①以太：古希腊哲学家所设想的一种介质，后来物理学家把它看作是光的传播媒介。

赏析

这是一首富有浪漫主义情怀的革命诗篇。作者满怀激情地歌咏花，在他的笔下，花洋溢着青春活力，不怕严寒、黑暗和风暴，能够经受苦难的煎熬，即便被摧残或凋谢了，还会有更多的花在新生、开放。作者热烈赞叹花是永生的，花是无所不在的，而最神圣、最美丽的是我们理想的崇高的花。作者最后情不自禁地袒露自己的心声：

"我愿为祖国开一朵绚丽的血红的花。"

显然，在作者笔下，花已成为许多美好精神品质的象征，寄寓着作者的生活热情和革命理想。全诗感情浓烈，形象鲜明，诗句优美，很有感染力。

刘国鋕
（1921—1949）

── 作者简介 ──

四川泸县人。中国共产党党员。曾任中共重庆沙磁区学运特支书记。1948年4月被捕。1949年重庆解放前夕牺牲。

就义诗

同志们，听吧！
像春雷爆炸的，
是人民解放军的炮声！
人民解放了，
人民胜利了！
我们——
没有玷污党的荣誉！
我们死而无愧！
……

赏析

1949年11月27日，距离重庆解放还有三天，国民党反动派对关押的革命者进行了惨绝人寰的大屠杀。刘国鋕就是其中遇难的烈士之一。

据脱险难友所述，在被押往刑场时，刘国鋕大义凛然，毫无惧色，边走边高声朗诵了这首诗。在诗中作者无比激动地欢呼我军春雷般的炮声，欢呼人民的解放和胜利，并无比骄傲地宣告天下："我们——没有玷污党的荣誉！我们死而无愧！"

这首诗凝聚了烈士全部的热情与希望，是烈士激情澎湃的最后告别演讲，是烈士生命闪耀出的最璀璨礼花。至今读来，仍然震撼人心，令人感动不已。

黎又霖

（1895—1949）

· 作者简介 ·

　　贵州黔西人。曾投身五四运动、北伐战争，后加入中国共产党，并长期以民主党派身份为党进行统战工作。1949 年 8 月被捕，重庆解放前夕被敌人杀害。

狱中诗

一

斜风细雨又黄昏，
危楼枯坐待天明。
溪声日夜咽①墙壁，
似为何人数②不平。

二

祸国殃民势莫当，
三分天下二分亡。③
狱中自古多豪俊，
留待他年话仇肠。

三

卖国殃民恨独夫④，
一椎不中未全输。⑤
银铛⑥频向窗前望，
几日红军到古渝⑦？！

四

革命何须问死生，
将身许国倍光荣。
今朝我辈成仁去，
顷刻黄泉又结盟。

注释

① 咽：呜咽。牢狱墙外有溪流，其声好似呜咽。

② 数：数说。

③ "三分"句：指全国大部分地区已经解放，国民党的反动统治即将灭亡。

④ 独夫：残暴无道的统治者，指蒋介石。

⑤ "一椎"句：秦始皇出巡时，路过博浪沙（今属河南原阳），张良请大力士用铁锥击杀秦始皇，没有击中。这里指作者的革命地下工作虽遭破坏，但革命事业终将胜利。

⑥ 银铐：铁锁链。这里指狱中戴着镣铐的革命者。

⑦ 古渝：重庆古称渝州，今简称渝。

赏析

身陷囹圄，镣铐加身，面对着即将降临的死神，作者心潮难平，夜不能寐，遂吟诗抒怀，成此四首。

第一首写黄昏时分，作者无心休息，只能独自枯坐，听着墙外的溪流声，等待天明。作者没有直接述说自己的心情，而是通过环境描写，从侧面烘托、渲染来抒发感情。斜风细雨，暮色沉沉，溪流声咽，眼见耳闻，无不牵动人的愁思与悲情。诗中的"又""枯坐""日夜"等词语，大大强化了作者寂寞、悲愤的感情。

第二首写反动统治者极力祸国殃民，即将灭亡，被关在狱中的大都是革命的英豪俊杰，他们虽然未必能够活到革命胜利的时候，但他们的英雄气魄将为后人传颂。诗句"狱中自古多豪俊"，激奋昂扬，富有豪气，堪称名句。

第三首作者痛骂卖国殃民的独夫民贼蒋介石，指出虽然自己工作遭破坏，被捕入狱，但革命终将胜利，自己也急切地期待着重庆解放的这一天。这首诗巧用壮士刺杀秦始皇的典故，拓展、深化了诗意。

第四首作者坦然地直面生死，自豪地宣称为国献身倍加光荣，即便死去，也要和遇难的战友们在黄泉结盟，继续革命。这首诗不由得让人联想到陈毅元帅在战争危难时创作的《梅岭三章》，其中的一首诗是这样写的："断头今日意如何？创业艰难百战多。此去泉台招旧部，旌旗十万斩阎罗。"面对牺牲，一个宣称要到"黄泉又结盟"，一个宣示要"去泉台招旧部"，两者的革命意志是同样的坚强不屈，革命豪情也是同样的动人心魄。